熱闘！　介護実況

熱闘！ 介護実況 目次

まえがき

二〇一六年の夏、オフクロとともに暮らした三鷹のマンションを売り払うことになった。オフクロが他界して三年、物件として相続すればその資産価値を巡ってトラブルの原因にならないとは言い切れない。それに私も弟もここにずっと住もうという気は毛頭なかった。駅からは徒歩二〇分近く（不動産屋さん算定では十七分）、日当たりの悪い半地下で、最寄りのコンビニまで歩いて五分近くかかるという代物だ。一九九六年二月、当時既に離婚していたオフクロは、このマンションで悠々自適に暮らすからねと意気揚々と話していたものだ。「ここを買おうと思うんだけど」と相談を受けた時、もう少し便利で日当たりのいい方がいいんじゃないの？　と進言したのだが、「もう決めちゃった」とオフクロ。強引にでも「もう少し考えなよ」と言っていたら運命は変わっていたのだろうか。

売却に向けて掃除をした。

近くの畑から風で運ばれてきたのか、バルコニーには土がたっぷりと積もっている。ホースでいくら散水しても、土は無限に流れてきた。あまり勢いよく水を流すと、境界線を越えて隣室のバルコニーが浸水してしまうから細心の注意が必要だ。

バルコニーに面したサッシや網戸も砂埃をかぶっていた。これまたホースで洗い流し、あとは雑巾掛けをする。サッシのサンにも土……。勢いよく水を当てて流し出すのだがどうやっても隅に残る。

内装もひどいものだった。壁には綿ぼこりが斑点状に付着し、カビの生えた壁紙はところどころ剥がれかかっている。

いやはや、まったくもって厄介なマンションだ。もうお手上げ。

お買い上げいただく不動産屋さんには申し訳ないが、こんなもんで勘弁してもらおう。

私が言うのもなんだが、まあ見れば見るほど荒んだ部屋だ。ダイニングテーブルの縁にはネズミが噛んだような無数の小さな傷跡がある。プラスチックの食器をトントンと乱暴に置いたからいつの間にかこうなってしまった。流し台の上に取り付けられた食器棚の、観音開きの扉が片方取れてしまっているのも無残である。中に入っているビスケットを取ろうとして、チェーンで鍵のかかっているのを力任せに引っ張ったから取れてしまった。

みんなオフクロの仕業だ。

床の絨毯には、不規則な形でいくつものガムテープが貼られていた。

オフクロが便失禁したあと、クリーナーを使って拭き取ろうとしたがどうしてもシミが消えない。仕方なくガムテープを貼ってそれを隠し、私はその上に布団を敷いて寝ていたのだった。

歳月の経ったガムテープは粘着力こそ弱まっているが、テープそのものが劣化していて切れやすく、なかなか一気には取れない。

ようやく剥がし終わると、絨毯のグレーに多少は馴染んではいるものの、便で黄ばんだ部分はハッキリと識別できる。

しかし、当時はヘドが出るほどに嫌悪したそのシミが、今となっては愛おしかった。それは、オフクロが確かにここで生きていた唯一の有機的な証なのだ。


もう忘れ物はないかなと最後に部屋を見渡した時、目に飛び込んできたのは壁に画鋲で留められた藁半紙だった。そこには私と、弟と、ケアマネージャーの原田さんの携帯番号が書いてある。

私はその紙を丁寧に外してカバンに入れた。独りぼっちの夜、オフクロはこの紙を頼りにひと晩に何十回と電話をかけた。その電話番号は、いわばオフクロの命綱だ。かけてはいけないとわかりながら、寂しさに耐えかねて受話器を取ったのだろう。

「どうしてもっと優しく応対してやれなかったんだろう」

「どうしてもっと早く帰ってやれなかったんだろう」

オフクロが必死に電話をかけている姿を想像したら、とめどなく涙が溢れた。

いろいろと後悔の多い七年間だったが、すべてはもうずいぶん前の話だ。

ただ、それを忘れ去ることは決してできない。介護を自ら買って出ながら、結局ちっとも寄り添うことができずに、オフクロを死なせてしまった。

介護をしていた間の私の愚行を、できる限りそのまま記述することが、今できる数少ない懺悔のひとつだと思う。

断っておくが、私の介護実況は、ちっともナイスゲームなんかじゃない。

エラーあり、乱闘あり。スタンドからヤジを飛ばされるようなひどい試合である。

1回表　すべての始まりは胆石

さあ、いよいよ波乱含みの展開が予想される介護実況の幕開けです。

野球にも、もちろん人生にも「タラレバ」はないと申します。いくら反省しても母が戻ってくるわけではありません。と、頭では理解できるのですが、なかなか素直に納得できない自分がいます。そんな私の脳裏にまず蘇ってくるのは、母と共に暮らした三鷹のマンションでも、施設に入った晩年の母の姿でもなく、なぜか「お腹が張っている気がする……」という電話をかけてきた時の母の声です。

「違和感とはなんや。痛いんか、痒いんか?」そう言って近年の野球選手のひ弱さを批判したのはノムさんこと、野村克也さんであります。母の訴えも、まさにそうした類の取るに足らない症状だろうと判断し聞く耳を持たなかったのは、本来なら母を守るべき実の息子である私でありました。

今にして思えば、その時の弱々しかった母の声。おそらく不安でいっぱいだったはずです。しかし、慣れない外国出張が終わったばかりという安堵感か、はたまたソウルでオリンピック予選を実況するというプレッシャーから解放されたという気の緩みだったのでしょうか。視界に入るわずかな変化も見逃さず、即座に描写が求められる実況アナウンサーである私が、母の不安には見て見ぬふりをしてしまったのです。

「笑点」でおなじみの三遊亭円楽さんが、不倫騒動の釈明会見で記者に迫られて「東京湾を出て行った船と解く」なんて謎かけを披露し、騒動で男を上げた（？）という話題も記憶に新しいところでありますが、私と母との日々は、東京湾を出た船どころか、いまだに沈んだままのタイタニック号のようなもの。「いまだに後悔し絶望の淵に沈んでいます」なんてシャレで笑い飛ばせればいいのですが、不倫と違い、介護の日々は悩みばかり多かったように思います。

円楽さんは落語家らしく謎かけでしたが、今回、私はスポーツアナという立場から晩年の母と共に暮らし喜怒哀楽を分かち合い、母を看取った経験を実況する機会を頂きました。

介護にあたった私の迷走ぶり、失笑を買うことは覚悟の上で実況を続けて参ります。

また、本書は野球の試合よろしく、9回×表・裏という章立てとなっております。「表」は病院や施設で病気と向き合った話を中心に「攻めの視点」で、そして「裏」は自宅での母の様子や母との思い出などを中心に「守りの視点」から、私と我が母の悪戦苦闘を実況していく予定です。

母の具合が悪くなるにつれ、攻防の境界が定かでなくなり、次第にカオスと化していく様にもお付き合い下さい。

それでは、気を取り直して再び母の異変に気がついた日を振り返ってみましょう。

母の再三に渡る不調アピールが、どうもいつもと違うかもと遅まきながら気がついた私は、年は下ですが常に頼りになるヘッドコーチ的存在の弟に相談。とりあえず病院で診察してもらおうということになりました。これまで一度も入院したことがない母がまさか病気になるなんて、と、この期に及んでもまだ楽観視する私でありましたが。審判団ならぬ担当医が真剣な眼差しでカルテとレントゲン写真を交互に見つめ始めました。

オ～ッと、レントゲンの白い影を見つめる時、先生の眉毛がピクリと動いたのを私は見逃しませんでした。

「も、もしかして母に重大な病気が……？」

心の片隅にわき起こった一抹の不安が次第に大きな雨雲のように広がって参ります。おそらく時間にすれば、わずかなものだったのでありましょう。しかし、診察室にいる私にとっては、果てしなく長く感じられました。そしてそして、レントゲンから私と母に目を移した担当医が重い口を開いたのであります

「松本喜美子さんには胆石が認められたため、手術をしましょう！」

オ～ッと、入院だあっ。健康一筋六〇年の松本喜美子、なんと痛恨の登録抹消であります。と、ショックを受けつつも、診察室でチョコンと無邪気に座っている母を横目に見ながら「可哀想だけど命に関わる病気でなくてよかった」と胸をなで下ろしたのも、また事実でありました。

オフクロ、手術する

一九九九年九月、私はシドニーオリンピック野球のアジア予選中継で、韓国はソウルに出張していた。この大会からプロ野球選手に対して初めてオリンピックの門戸が解放され、古田敦也（当時ヤクルト）、初芝清（当時ロッテ）といった選手たちが、まだ大学生だった阿部慎之助選手（当時中央大学）や社会人で活躍していた赤星憲広（当時JR東日本）といったアマチュアと混成チームを組んで世界に挑んだ。選手たちにはもちろん、我々報道陣にも、歴史的な転換期に関わっているという緊張感と高揚感があったのを覚えている。

六二歳になったオフクロは、三鷹の1LDKのマンションに住み、親しい友人たちとお洒落な喫茶店で長話をしたりしながら一人暮らしを満喫していた……はずだった。ところが、帰国後間もなく「なんだかお腹が張っている気がするのよねぇ」と電話をかけてきたのである。

特段驚くには値しないことだ。というのも、実は我が家はオヤジもオフクロも、弟も私も、揃いも揃って胃腸が弱い。

オヤジは四〇歳前後の頃、胃潰瘍で入院したことがあるし、私たち兄弟も子供の頃アイスを食べては揃って腹を下していた。二人とも酒を飲めば翌朝は必ず下痢をする、牛乳を飲んでもピーヒャラである。ともに逆流性食道炎だし、私に至っては三〇歳の時に「鼠径ヘルニア（脱腸）」

の手術（ついでに包茎も治してもらったが）をしている。そして、オフクロも女性にしては珍しく下痢腹（？）だった。

そんなわけで、お腹の不調というのは、松本家においてあまりにもありふれた日常茶飯事であり、たかが「張っている気がする」くらいでは誰も気にもとめない。

「オナラがたまってるんじゃないの？」ってなもんである。

しかし、その時のオフクロはちょっと様子が変だった。

いつまで経っても症状が収まらず、町医者からは「病院で一度診てもらったら」と言われたという。

官公庁街のど真ん中にあるA病院を選んだのは、たぶんオフクロなりのこだわりであったと思う。身に着けるものは、たとえイミテーションでもブランドを好み、私のときこそ近所の大学病院で産んだものの、弟を出産する時は「ここじゃなきゃイヤ」と言って、かの愛育病院を選んだほどだったから。

調子が悪いとはいえ、ちょっとコジャレた病院で診察を受けたい、オフクロのそんな女心はしかし、その後の事態を思わぬ方向へと展開させることになる。

診察の結果は胆石（胆嚢結石）であった。摘出のための手術が必要ではあるが、今後の生活に重要な影響を及ぼすようなものではない。

担当医からは「ウンチの黄色い色を作っている臓器ですが、無くても全然大丈夫ですよ」と言われた。とりあえず悪い病気じゃなくてよかったじゃないか、ってことになったのだが、その後厄介な問題が起きた。政治家や大企業の経営者に人気の病院だからなのか、ベッドになかなか空きが出ず、手術の日程がいっこうに決まらないのだ。その間ひと月弱だっただろうか。

「お兄ちゃん、お腹が心配だよ」と悲痛な声で訴えるオフクロ。

「大丈夫だよ、それ以上悪くはならないし、手術すればすぐによくなるんだから」と言っても聞かない。

冷静に考えれば、自分の体内に悪いモノがあるとわかっていながら、それを取り除けない状態が続くというのは、ちょっと神経質な人にとっては不安なものかもしれない。

ましてやオフクロは人一倍の心配症。いつも人前では陽気だったけれど、それも「この場は自分が盛り上げなきゃ」っていう気配りから作り出している明るさで、決して肝っ玉母さんじゃなかったのだ。

「おかあさん、もうダメだよ。お兄ちゃん助けておくれよ」

とうとうオフクロは精神的に参り、ふさぎ込んでしまった。

私の怒りはA病院に向かった。

「待てど暮らせど一向に手術の日取りが出ない。おかげでオフクロは参ってます！」

「それはお気の毒です、ただベッドが空かない以上お待ちいただくしかないんですよ」

オフクロの不安を代弁しても、あくまで担当医の返事は冷たい。

「わかりました、ならば病院を替えます！」

私とすれば、伝家の宝刀を抜いたくらいのつもりで声高にそう言い放った。これで対応が少しは変わるだろう。

しかし、私の脅し（?）に対する先方の返事は、あまりにもあっさりしていた。

「そうですか、では別の病院に行かれるということですね。紹介状を書きましょう」

えっ、ちょっと待ってよ。そんな簡単に行かせちゃうのか？　引き止めないのかよ？

病院は患者さんで溢れかえっている。お客さんに来てほしい一般の商店とはわけが違うのだ！　って当たり前のことに、その時初めて気がついた。

そして、このA病院がオフクロの長くて辛い病院放浪の旅の始発駅になろうとは、その時の私には知るよしもなかった。

胆石の手術は世田谷のB病院で行うことになった。B病院にしたのは、オフクロの友人が通院していたことがあり「感じがいい病院よ」と聞かされた、という極めて単純な理由からだった。

ここでは、A病院での待機がなんだったのかというほど、あっさりと手術の日程が決定。手術当日は兄弟揃って病院に行った。

酸素マスクを付けてストレッチャーに乗せられたオフクロが、手術室に向かう廊下を引かれていく最中に、我々の方を見て「フォッフォッフォッフォッフォッ」とバルタン星人のような声を出して笑っていた。

「そりゃ、マスクしてると見た目は確かに宇宙人ぽいけどさあ……。ったく、この人のアタマの中はどうなってんだよ!」と弟と二人で大笑いした。でもこれがオフクロの基本スタンス。

数時間後、手術は無事に成功。執刀医からビワの種よりも少し大きいくらいの石を見せてもらった。

「わっ、こんなものが腹に入ってれば張りも感じるよな。まあよかった。これでまた元気になれる。」

「これでもう大丈夫だね」と兄弟で語りかけると、オフクロの表情に笑顔が戻ってきた。

そして一週間もしないうちに退院が決まり、当面は三鷹のマンションに戻って一人で家事をすべてこなすのは辛かろうということで、井の頭に住む実母(私の祖母)の家に身を寄せることになった。

しばらくはバアちゃんの厄介になってリハビリだね。若いんだから元気になればまだまだ気ままな暮らしを謳歌できる、誰もがそう信じていた。考えてみれば当時のオフクロと今の私の年齢は六、七歳しか違わなかったのだから。

ところが、退院してからのオフクロの案配は良くなかった。

「なんだかお腹がまだ張っている気がするよ」

「それはぁ、手術をした後なんだから、しばらくは違和感があって当然でしょ」

もちろん術後の診断でも経過は順調と言われていたし、胆石以外に悪い場所は見当たらなかったから私の言っていたことは正しかったのだと思う。

しかし、オフクロの心配は大きくなるばかり。

気分転換にと、箱根の『オー・ミラドー』という老舗のフランス料理店へドライブに連れ出したのはこの頃だと思う。雑誌から抜け出てきたような高原の洋館、オープンエリアでいただくコース料理……。オフクロには一番喜んでもらえる内容だと思ったのだが、彼女の反応はイマイチ。

「美味しいね。素敵な場所に連れてきてくれてありがとう」

そう言いながらも、食はあまり進まない。

こちらに気遣って無理に楽しそうなフリをしているのは明らかだった。

それでも、いずれ元気になる。私にとってのオフクロのイメージは、いつでもどこでもケタケタとバカ笑いして、周りの皆を明るくしてくれるキャラ。これは一時的な疲れに過ぎないのだ。その思いには確信に近いものがあった。

手術後の異変

いわゆるナイターオフシーズンの一〇月から翌年三月までは、ラジオ業界では「オフ番組」と呼ばれる編成となる。私は毎年、オフにも声をかけてもらい、スポーツとは違う夕方のワイド番組を担当していた。一九九九年は『ヨッ！　お疲れさん』のパーソナリティを担当。「ウタダヒカルって人が流行るみたいですよ」なんて間抜けなコメントで、スタッフやリスナーから失笑を買っていた。この時期、世間はコンピュータの「ミレニアム問題」に固唾を飲んでいたが、私にとってはオフクロの「メニミエヌ問題」の方が深刻だった。

手術をしてからのオフクロは、どこか全身の力が抜けてしまい、何事にもやる気が起こらず、食欲も今ひとつという状況がずっと続いていたのだ。ただ、私は忙しさにかまけて祖母任せにしてしまっていた。オフクロが発信していたSOSは、少しずつ深刻になっていたであろうに、確かなそのシグナルの変化、イエローカードを見落とし続けていたのだ。

年が明けて、無事二〇〇〇年を迎えた。心配されていたY2Kトラブルは、ほとんど発生しなかったが、我が家では大きな問題が発生。祖母からこんな電話がかかってきた時には愕然とした。

「秀夫ちゃん、キミちゃんの様子が変なんだよ。死にたい、死にたい、死にたいって言うんだよ」

その声は切羽詰まっていたから、私はすぐに井の頭の家に向かった。

玄関を開けると、苦悶に満ちたオフクロの表情が目に入った

「お兄ちゃん、助けて。おかあさんもうダメだよ。死にたくなっちゃった」

「ちょっと待ってよ、いったい何があったの？　ちゃんと話して」

「わからないよ、すごく辛い。もう死にたくなっちゃった」

「死にたいって、冗談じゃないよ。なんでそんなことを」

想定外の母の訴えにうろたえる私。いきなりレッドカードを出されたってことか？

周りに相談した結果、心療内科で専門的な治療を受ける必要があるだろうということになり、新宿区のC病院で受診した。

C病院は、メンタルを専門とする歴史ある病院だ。診察の結果、「死にたい」という端的かつ危険なシグナルを発している以上、当面入院をした方がいいという判断が下された。

院内を案内されたが、歴史の重みは建物にも表れていた。良く言えば重厚な、悪く言えば古臭く重苦しい雰囲気の病院である。今風のガラス張りで採光たっぷりという造りでなく、分厚いコンクリートで覆われた建物は内部もどことなく薄暗かったような気がする。

パジャマ姿で歩く患者さんたちは、みんなスローモーションのようにゆっくり、けだるそうに動いていた。

そして、一般病棟と隔離病棟を廊下の中央で隔てる、鍵のついた鉄製の扉が異様に物々しかった。

「オフクロはこんな大変な場所に入院しなきゃいけないのか……」

そう思うと、なんだか急に心細くなった。

C病院では、中年の、顔色がやたら白く頬骨がつき出て、長めの髪がボサボサで、見た目というものをあまり気にしてなさそうなタイプの先生が担当となった。

まず驚いたのは、服用する薬の種類の多さ。特に粉薬は漢方薬を思わせるほど、これでもかってくらいのテンコ盛り。オフクロはオブラートがないと粉薬を飲めない人だったが、この薬はどうやっても二回に分けなければ無理な量だ。こんなに薬が必要なほどオフクロは重症なんだろうか。C病院では、何かとこちらが滅入ってしまうようなことが多かった。

私にとって二〇〇〇年といえば、シドニーオリンピックでバタバタした年でもある。私も現地に行った。マラソンの高橋尚子さんの金メダルに沸き返ったかと思えば、日本では長嶋巨人が優勝。優勝当日は現地シドニーからテリー伊藤さんとともに『おめでとう！　長嶋巨人優勝スペシャル』なる番組を生で放送するという、なんともバブリーかつ破茶滅茶なことをやった。それから十六年……。オフクロが闘病している間に、景気や放送業界そのものも含めて時代は大きく変わったのだと改めて感じる。

話はC病院に戻るが、入院は二ヶ月間に及んだ。薬の効果が出たというべきなのか、オフクロが死にたいなどと深刻に落ち込むことはなくなった。

では治ったのかというとそうでもない。オフクロはどこかぼんやりとしていて、動きも鈍くなっているように見えた。頭の回転数が遅くなってしまったみたいだった。素人考えながら、死にたいなどと言わなくなったのは、突き詰めて考えることができなくなっているからではないかと思えた。退院しても大丈夫なのか不安もあったが、病院側から、自殺に至るような危機的状況は脱したでしょう、という判断で一方的に退院を促されたのだ。

これまでのオフクロは、暇さえあれば友達と旅行に、それも海外にまで出かけるほど活動的で社交的だった。私の手元には、その頃撮ったオフクロの笑顔いっぱいの写真が山ほどある。判で押したように、オフクロは右足をちょっとだけ前に出してハスに構えてるのが微笑ましい。一人暮らしを始めてからは絵画教室にも通い、かなり立派な絵を額に入れるようにまでなり「いずれ個展が開きたいの」とも言っていた。そんな陽気でお茶目だったオフクロが、何をするにも億劫がるようになってしまっている。到底病気が完治したとは思えなかったが、ともあれ通院治療で治していくしかない。井の頭で再び八三歳が六三歳の面倒をみるという老々介護が始まった。

祖母の井の頭の家は駅からは離れていたものの、閑静な住宅街の中にあり、広い庭付きの一戸建て。精神的なリハビリをするにはもってこいの場所に思われた。

正確にいうと、この家には「三婆」が暮らしていた。祖母とオフクロと老猫が一匹。

私が高校二年の時に、品川区旗の台の生家の前でゴミ箱を漁っていた子猫に餌をやったら、いつの間にか住みついてしまったのだ。オフクロは「しょうがないわねえ。でも可愛い猫じゃないの」と飼うことに別段反対もしなかった。このへんは実に無頓着。その猫（♀・通称ニャー）が実に長生きをして、九〇年代私たちの住んでいた家を分割相続（売却）して引っ越す直前に、井の頭の祖母に引き取ってもらった。当時なんと二〇歳を超えていて、動物愛護協会から賞状をもらった猫である。つまり今回は祖母と老猫が暮らしているところにオフクロが転がり込んだという図式だ。ニャーにすれば「あれ？　このオバちゃん、前に世話になったニャア。なんか元気がニャイぞ」ってなもんだろう。そのニャーが晩年腎臓を患い、ふた月に一度くらい注射を打たねばならなくなった。元気だったオフクロはニャーを獣医さんに連れて行ってくれたのだが、自分の手術後は自信を失ってそんなこともできなくなった。

それでも退院後間もない頃のオフクロは、近所にひとりで買い物に出かけていた。いや正確には行かされていた。祖母が「それくらいやらなきゃダメだよ」と尻をたたいてくれたのだ。実の親子だから当たり前といえばそれまでだが、当時祖母は懸命にオフクロの面倒を見てくれた。明るくて元気、九四歳まで長生きしたが、オフクロが苦労をかけなければ一〇〇歳まで生きられたんじゃないだろうか。

もともとオフクロは、三鷹で一人住まいをしている時でも、ご飯を作るのが面倒くさいといってはしょっちゅう井の頭に行っていたから、敷居の低いことはこの上なかったと思う。そもそも三鷹にマンションを買ったことだって、祖母の近くに住んだ方が好都合だって気持ちがあったに違いないのだ。

祖母の家から徒歩五分の場所には叔父の家族が住んでいたが、子供もいたし叔父の仕事も忙しかったから、のんきに一人暮らしをするオフクロが年老いた祖母の様子を見がてらご飯を一緒に食べるというのは三方丸く収まる話であったと思う。少なくともオフクロが健常であるうちは……。

でもオフクロは相変わらず無気力。食事をあまり食べず祖母は手を焼いていた。

食べ物を残すことを許せない世代の祖母にとって、いっこうに元気にならないことの心配も加わり、そのストレスは次第に大きくなっていった。

1回裏 オフクロを忘れて仕事に夢中だった私

さあ、地元セーフコフィールドの大声援を背に、シアトル・マリナーズのトップバッターとしてスタメン出場を飾ったイチロー選手。ランディ・ジョンソンから見事、初打席初安打、初盗塁を決めたメモリアルゲームを締めくくるのは、チームメイト大魔神だ。

3点リードの9回にマウンドに上がり、まずは先頭、パイレーツのジャイルズを二塁ゴロ、続くレッズのケーシーにはカウント2－2から145キロの直球で空振り三振を奪い、その力を見せつけています。次に迎えるバッターは、マーリンズのフロイドだ。佐々木投げた、打った！ボールは力なく一塁に転がっただけ。メジャーを代表するバッターを三人で片付けた大魔神、球宴で日本人投手初となるセーブを記録しました！
と、シアトルで私が絶叫していたのは二〇〇一年のことでありました。

俗に「親の心子知らず」と申します。母のことが心配だと言いつつ、正直申し上げれば当時の私はさほど深刻に考えてはいませんでした。

母も六〇代と若かったこともあるでしょう。かくいう私自身も不惑の歳を迎えんとしておりました。オ〜ッと、あちらに見えるのは二〇〇一年の私であります。現在と較べれば頭の毛もやや多く、まだマラソンを始める前ということで、あちこちに無駄な肉がつき、オッサン化の兆しが出ているのが確認できます。

向こうからやってきたのは、前年のドラフト会議でヤクルトから五位指名で入団した高卒ルーキーの畠山和洋選手です。帽子を取って初々しく、私に会釈をしてくれています。そうです、選手や監督、球団関係者との信頼関係も築け、実況アナウンサーとしては、いわゆる「アブラが乗ってくる」時期であります。まだまだ体力もありますから、たとえ寝不足だったとしても、声に影響は出ません。

日々が充実する中で起きた母の体調不良でしたが、癌と宣告されたわけでも、いきなり倒れたわけでもないということも、私の心が母に向かなかった理由なのかもしれません。メジャーでプレイするイチローや大魔神の活躍をこの目で見届けたい！　実況アナウンサーとして歴史的な瞬間に立ち合うのは、自分の宿命だとすら思い込み、わがままな希望を会社に訴えております。「とにかくアメリカに行きたいんです！」まるで、かつて人気を博した「アメリカ横断ウルトラクイズ」の参加者のように熱弁をふるう私の姿。もし母が見ていたら何というのでありましょうか。そして祭りが終わった後、私があえて目を背けていたあまりに過酷な現実が突きつけられた年でもあります。

ココロはアメリカへ

二〇〇〇年のプロ野球は、長嶋巨人と王ダイエーがペナントを制し、日本シリーズで激突した。巨人のV9時代を支えプロ野球の黄金期を築いた二人が、ともに監督という立場で初めて相まみえるという願ってもない顔合わせで日本中が沸いた。私も、博多に出張したりで慌しく秋を迎えていた。けれどオフクロは、まるで魂を抜かれてしまったかのように元気がなく、食欲も回復してこない。これを打開しなくては、ということで病院を変えてみることにしたのがこの年の冬だった。胆石の手術からの経緯を把握してもらっているB病院にメンタル部門があると知った。

これがもし今の時代なら、クチコミなり様々なネット情報で評判の病院を選んでいただろう。だけど、当時はパソコンこそ広く普及していたものの、誰もがネット検索する時代ではなかった。いわば行き詰まった末、特に根拠なく病院を替えたのだが、ここでT先生と出会えたことはひとつの転機にとなった。

「(C病院では) こんなに薬を飲まれていたんですか? これでは起きていてもボンヤリしてしまう。それにずいぶん古いやり方ですね」

現状の処方箋を見た時のT先生の言葉だ。

「そうでしょ? やっぱり、そうなんですね?」まさに我が意を得たりという思いで、ガッツポーズさえしたかった。

「私に任せなさい」と、頼もしく語るT先生と別れた後「ようやく心強いストッパーを見つけたぞ！」「やっぱり病院によってこうも違うんだね」と、弟と二人で快哉を叫んだ記憶がある。そして何度かの通院の末、「継続的に症状を見た方がいいでしょう」ということで入院が決まった。

まさにそんなタイミングで、私自身にも仕事上の大きな転機が訪れていた。

プロ野球界では、一九九五年に当時近鉄のエースだった野茂英雄投手が強引に海をわたって以来、メジャーを目指す選手が続々と現れた。しかし、それは皆投手。

オリックスのイチロー選手が、七年連続首位打者という日本球界のレジェンドとなる成績を残しながら、打者として初めてメジャー挑戦を表明したのが二〇〇〇年のオフだった。そして移籍先に決まったのは、私も古くから親交のある大魔神こと佐々木主浩投手が所属するシアトル・マリナーズ。

野茂投手の渡米以来、二週間～一ヶ月の単位でアナウンサーやディレクターを現地に派遣していた（いま思えば信じられないくらい贅沢な話）ニッポン放送であるが、この時の私の思いはそんなものでは飽き足らなかった。

「短期ではなく一シーズン通して、マリナーズに帯同させてください」

当時のスポーツ部長に、私はそんな熱い思いをぶつけた。しかし丸々一シーズン海外出張などという前例はなかったから、ことは部長判断では決まらず局長案件となった。「休職という形でも構わない。どうしても行かせてください！」と、居酒屋で二度に及ぶ直談判をした末、「七月のオールスターゲーム（シアトル）まで、四ヶ月間ということで妥協してくれないか」と言われ、私もこれ以上のわがままは無理と判断し、チューハイと一緒に局長案を飲んだ。

もちろん、オフクロの病状は気がかりだったけれど、入社後丸十五年を過ぎ、いろいろな面で分岐点を感じていた私は、日本人最高峰を極め、野手として初めて海を渡るイチロー選手がどの程度メジャーで通用するのか、是が非でもこの目で確かめたかった。そして友人である大魔神の活躍する姿を、どうしてもナマで見たかったのだ。

一方でT先生の存在が、私がいなくてもオフクロはこの四ヶ月できっとよくなるに違いないと思わせるくらい頼もしく思えたのも事実だ。

弟も「行ってきなよ、オフクロのことは俺に任せて。兄貴にとってはまたとないチャンスなんだから」と背中を押してくれた。

誰よりもオフクロ自身が「私は大丈夫だから行ってきなさい」と言ってくれたのである。今にして思えば、病んでいるオフクロが不安に苛まれる中で、精一杯の気遣いをせざるを得ない空気を私が作りあげてしまったのだということがわかる。でも、その時の私の「熱病」はそんな簡単なことを判断する能力さえも失わせていた。

三月中旬、私は出発直前にオフクロを見舞った。

「気をつけて行ってきてね」

そう言ってぎこちなく笑うオフクロに、浮かれていた私は笑顔で手を振った。

私の気持ちは、あらゆる空気感を無視して猪突猛進、シアトルへと向けられていた。

夢のような日々

シアトルのアパート（マンション）を拠点として、全米を股にかけて飛び回った四ヶ月間はまさに夢のようだった。

空港でレンタカーを借りてアパートやホテルまで、自分で運転する。球場に行くのもレンタカーだ。試合が終わると、大魔神と待ち合わせて反省会だった。さらにアメリカ時間の深夜、昼間の日本に電話リポートを入れることもしばしば。ほとんど寝ないで早朝に空港へ行き、西海岸から東海岸へ移動、そのまま試合なんてこともあったが、身体を壊すことはなかった。それどころか、シアトルでたまに試合のない日があると、故パンチョ伊東さんのお知り合いだった現地の日本人の方に、ボートでヒラメや鮭を釣りに連れて行ってもらっていたのだから呆れる！

イチローと大魔神の活躍は本当に素晴らしかったし、それをナマで現地から伝えているという充実感はどんな代償にもかえがたかった。そして、何より私はまだ若かった。それ故に目の前のことに夢中になり、他のすべてのことを考えられなくなっていた。その「すべて」の中にはオフクロも含まれていたのだ。

メールや国際電話を通じて弟とは連絡を交わしていたが、弟の答えは判で押したように「オフクロのことなら大丈夫。心配しなくていいよ」というものだった。病室で電話が制限されていたこともあり、オフクロと直接話したことはほとんどなかったような気がする。なんて冷たいヤツだ、と思われるかもしれない。でもそれは、私がまだこの時点でオフクロの病を楽観視していた証でもあるのだ。

七月一〇日、シアトルで行われたオールスターゲームには、マリナーズのイチロー選手と大魔神、エンゼルスの長谷川投手、実に三人の日本人選手が選出され、私は最後の1イニング、大魔神が抑えてセーブを稼ぐ瞬間を実況した。四ヶ月間の苦労が報われた一日だった。その晩は日本から来ていた大魔神のご家族、中継ゲストのテリー伊藤さん、ニッポン放送の編成局長はじめスタッフらと、浴びるほど飲んだ。まさに大団円。それは神様からのこれ以上ない上等のプレゼントに思えた。でも実際は、私が犠牲にしてしまったものへの対価だったのだろうか。

翌日、私は当時病気がちながらシアトルに息子の晴れ姿を見にいらしていた大魔神のお母様の隣りに座ってアテンドするために、なんとファーストクラスで成田に戻った。会社ではファーストクラスの使用なんてもちろん認められていなかったが、大魔神が自身のマイレージを使ってアップグレードしてくれたのである。いまにして思えば、世界一の孝行息子に恵まれたお母様を、世界一親不孝な私がアテンドしていたことになる。世にも皮肉な光景じゃないか。

夢から覚めて

成田に着くと同時に、私は夢から目が覚めた。そしていきなり、あまりにも過酷な現実に向き合わされたのである。

まず弟に電話をした。「ただいま、日本に帰ってきた。長い間ありがとう。オフクロはどう？　少し良くなったでしょ？」

「お帰り。お疲れ様。オフクロなんだけどねぇ……。実はあんまり良くないんだよ」

「良くない？　良くないってどういうこと？」

「兄貴を心配させたくなかったから黙っていたんだけど、あれからオフクロはどんどん元気がなくなって……。ほとんど飯も食えない、口もきけないようにまでなってしまったんだ」

「えっ？　まさか！」

「それでT先生からの提案で、ちょっと荒療治なんだけど、通電治療っていうのをやったんだよ」

通電治療？　聞いたこともない言葉だけど、電気椅子を想像させるようなおどろおどろしい響きに私はたじろいだ。

「それで今はどうなの？」

「うん、少し良くなって喋れるようにはなったし、飯もようやく喉を通るようになったんだけど、ただ通電の後遺症で一時的だけど多少記憶障害があるんだ」

「き、記憶障害？」

「錯乱することがあるかもしれないけど、会いに来たときビックリしないでね」

今度は「錯乱」？　次から次にショッキングな単語が飛び出してくる。

「嘘だろ、ヤッちゃん！　何かの間違いじゃないのか？　悪い冗談はよしてくれよ！」

「冗談じゃないんだよ」

なんてことだ。この四ヶ月間でオフクロはそんな重篤な症状になっていたのに、俺は呑気にアメリカ暮らしを満喫していたのだ。帰国した俺は、まるで浦島太郎じゃないか。

その日は空港到着が夕方だったから、見舞いは次の日にせざるを得なかった。

オフクロの現状を想像した。後悔の念と同時に、この四ヶ月間愚兄に代わってひとりでこんな重い荷物を背負ってくれた弟への感謝とお詫びの気持ちが一緒くたになって、思わず涙が出た。そして悲劇はそれにとどまらなかった。愛猫ニャーの具合も悪くなっていたのだ。

こちらはアメリカ滞在中に弟から話を聞かされていた。

井の頭の祖母に電話をした。

「あ、秀夫ちゃんお帰り。ニャーがずいぶん弱っちゃったよ。もうダメかもしれない」

「えっ、そうなの？　そんなに悪いの？」

「長くないから、早く会いに来ておやりよ」

オフクロのことを聞かされて激しく落ち込んでいるところに、もう一撃を喰らわされたかかたちだが、パンチドランカーのようになって、どう反応していいかわからなかった。そして、あまりに疲れたので、井の頭に顔を出すのを翌日に延ばしたのだが、それがいけなかった。結局、ニャーの死に目に間に合わなかったのである。私の帰国を待っていたかのように、その晩ニャーは息絶えていた。享年二十四歳。人間ならとうに一〇〇歳を越えている。なぜあの晩に行ってやらなかったか、後々まで自分の行動を悔やんだ。

さらに後日、もうひとつ訃報を知らされた。中学・高校の親友だったYが私の出張中に他界していたのである。かねてより患っていたメラノーマ（皮膚ガン）が急速に悪化したとのことだった。あまりのショックで言葉がなかった。お焼香がずっと後になってしまったことをYに謝らなければいけない。

私が四ヶ月、日本を留守にして無我夢中になっていたことの代償はここまで。

私は、集中力があるとよく人に言われる。それはそうなのかもしれない。ただ、一方でその集中力は往々にして私を極度の視野狭窄にしてしまう。要は何事にも溺れやすいのだ。そして溺れながら気がつかないうちに、あるいは気がついている自分に封印をして、周りの様々な人の足を引っ張って道連れにしている。どうしようもない馬鹿者だ。「万死に値する」とは、私のような自分本位のクソ野郎のことを言うのだ。

変わり果てたオフクロ

二〇〇一年七月十四日、シアトルから帰ってきた翌日、私は激しい時差ボケと戦いながらオフクロを見舞うために世田谷のB病院に向かった。弟の言葉からオフクロの症状を想像しながら、駅前からバスに乗る。言いようのない不安、恐怖が頭をよぎった。

先に到着していた弟が、病院の前で迎えてくれた。

「兄貴、お帰り。オールスターの中継聴いたよ。良かったね」

「ありがとう……。で、オフクロは？」

「うーん、まあだいぶ回復してきたけど、通電治療前がホントにヤバかったから、それに比べての話だよ」

私のショックを和らげようとしている言葉だとわかったので、つい胸の鼓動が速くなった。

「オフクロ、兄貴が帰ってきたよ」

…………。

恐る恐るベッドに横たわるオフクロを見た。髪が真っ白になっていたのに、まず愕然とした。訪米前はまだ黒かったはずなのに……。まるで別人のようだった。それは通電治療によるものだったのか、あるいは本来染めていたものを放っておいたからなのか。そして、ずっとオフクロを見続けてきた弟は、その変化に気がついていなかったのか、それとも、もっと大きな変化を目の当たりにしてきたため、髪の色など些細なことだったのか。

オフクロの見開いた目がゆっくりとパンして私を捉えたが、それはどこかうつろで眼力がなかった。

オフクロとは呼ばずに、わかりやすいよう、ゆっくりとそう話しかけた。

「お母さん、ただいま」

「ん？　ヤッちゃん？　お父さん？」

な、何を言ってるんだよ、俺のことがわからないなんて有り得ないだろう！

「こんな感じなんだよ。記憶が飛んじゃってるみたいで。でも一時的なものだからT先生は大丈夫だって言ってる」

聞けば通電治療は二度にわたって行われたそうで、一度では回復しなかったということだ。なぜ、よりによって私が日本を離れている間にそんなひどいことになってしまったのか。

でも、本当に恥ずかしい話だが、この項を書いている今になって初めてこんな考えが頭をよぎった。

「オフクロは、私が遠い場所に行ってしまったことで、さらに症状を悪化させてしまったんじゃないのか？」

弟が懸命に見舞ってくれたとしても、私と足して二人で逢いに行ける回数には当然ながら及ばなかっただろう。あまりに遅すぎる反省で笑ってしまう。

T先生の説明通り、オフクロの記憶は最初のうち、点いたり消えたりを繰り返す接触の悪い蛍光灯のように不安定だったが、徐々に元通りになっていって、私が誰だかわからないということはすぐになくなった。

ただ、「自分の症状が悪化して通電治療を受けた」という事実はどうしても思い出せなかったようである

「松本さんのうつ症状がかなり深刻になってしまわれたので、弟さんやお父様と相談の上、通電という形を取りました」とT先生から説明を受けた時はショックだった。

私が「家族を捨てた自分本位な人間」として学生時代ずっと会話も交わさなかったオヤジでさえ、オフクロのピンチにちゃんと立ち会っていた。ますます自分が情けなくなった。

ただ荒療治の甲斐あって、オフクロのうつは日を追うごとに少しずつよくなっていった。

「お兄ちゃん、アメリカにずっと行ってたんだよねぇ。すごいねぇ」作り笑顔であったかもしれないが、そんな穏やかな会話もできるようになり、やがてオフクロは退院した。

私はといえば、帰国早々、前半戦を一試合も見ていないプロ野球のオールスターゲームの実況を担当したり、フルスロットルで仕事に取り組まざるを得ない状況だった。

一方、オフクロは元通りになったとはとても言い難いけれど、今後も通院治療でT先生が適切に導いてくださるに違いない。まずはともあれ、退院していいということなんだから、と前向きに捉えた。いやそう思うしかなかったのだ。

いったんは落ちるところまで落ちたけど、これからは上がり目しかないさ。これでまた、きっ

と歯車は元に戻る。オフクロも今度こそは元気になって余生を楽しんでくれるだろう。

しかし、それはやはり希望的観測に過ぎず、回復の兆しは線香花火のごとく儚く脆いものだった。


またもや井の頭の祖母の家に、身を寄せることになったオフクロ。

「ほらキミちゃん、もっと食べなきゃダメだよ」相変わらず食は細かったけれど、年老いた祖母が尻を叩いてくれている。T先生が調合してくれた薬を服用し続ければ、時間はかかっても穏やかに回復してくれるだろう、と期待を持たせてくれる日々がしばらく続いた。

あとは、自分で何かやってみようと思ってもらうこと。自信を取り戻してもらうことが最大の課題だ。

「さあ、少しは外に出なきゃダメだよ」これまた祖母がオフクロをせっついた。イヤイヤではあったかもしれないが、オフクロは吉祥寺駅までバスで出かけてまた帰ってくるくらいのことはできるようになった。

オフクロを社会復帰させるために尽力してくれた人もいた。近所に住んでいる叔母が一計を案じ、子供たちのお弁当作りを手伝ってみてはと言ってくれたのだ。何もしなくてはいつまで経っても自信を回復できないという考えは、まさにその通りと思えた。かといって今のオフクロが外で働けるはずがない。まずは身内の家事を手伝うところから、という提案は実に有り難いものだった。

ただ、弁当作りの手伝いをしても、残念ながらオフクロの症状に大きな変化はなかった。というのが実際のところ。後で述べるが、そもそもオフクロは料理が苦手だったのだ。

2回表　オフクロの問題

介護実況はまだ二回表でありますが、プロ野球の実況を担当していると、しばしば生じるのが水分問題です。たとえば「さあゲームは7回、ラッキーセブンに入ります。解説の田尾さん、そろそろジャイアンツも追加点が欲しいところですね」などと実況席で伝えている頃は、自分自身が水分の補給をしたくなる時間帯でもあります。

最近は空調も効いたドームが増えましたので、ずいぶんと楽になりましたが、それでも一時間半以上、ほぼ途切れることなくマイクに向かって叫んでいると、口の中がカラカラとなってきます。けれども、あまり水分補給をし過ぎると、今度は尿意と格闘する羽目になりかねませんから、この水分の調節は慎重に行う必要があります。

かといって、ガムを噛みながら実況するわけにもまいりません。ちょっと失礼して、水を舐めるように……。オ〜ッとそう説明している横から、板東英二さんがまるでゆで玉子を飲み込むように、ペットボトルのお水をがぶ飲みしています。

解説者の皆さんは、試合中でもそっと席を外してトイレに行くこともできますので、我々ほど気を使うことがないというのもあるでしょう。試合中に、口が渇いて閉口する息子をよそ目に、持ち上がってきたのが母の唾問題でありました。

口が垂れると書いて「つば」あるいは「つばき」と読みます。医学的に解説するならば「唾腺から口中に分泌される無色透明の粘液。消化を助ける」ということになります。

加齢とともに、人はモノを呑み込む反射が低下します。筋力も衰えて、噛む力や回数も少なくなり唾液の分泌も減少していくといいますが、母の場合はその反対。唾が出てきて気になると訴えてくるのです。

という話をしていると、助っ人選手がベンチの中で「ペッペッ」と何かを吐いております。日米野球でアメリカチームのベンチが大変なことになっていたなんて話もありますが、実はあれは「唾」ではなく「噛み煙草」でして、母の場合とは何の関係もありません。

人間誰しも、一つのことが気になると、ずっとそのことばかり気にしてしまうということがよくあります。母もそうだったのでありましょう、いつも唾を気にするようになってしまいました。

認知症施設などでケアスタッフさんに唾を吐きかけて困らせるというケースがあると聞いたことがありますが、母の場合はそうした迷惑行為ではありませんでした。ヤンキーが道に唾を吐き、人を威嚇するといった示威行為でもありません。あくまでも、溢れる唾に困惑し、唾と格闘し、神経をすり減らしてしまうのでありました。

私は実況席で唾の渇きに悩み、母は湧き出る唾に悩む。母子が対照的な悩みを同時に抱えてい

たというのも皮肉なことであります。

◉

新たな問題発生！

二〇〇一年のオフシーズンは、先輩のフリーアナウンサー、石川みゆきさんと『よっ！ お疲れさん』という夕方のワイド番組を担当した。有楽町駅前のビックカメラ二階の特設サテライトスタジオからの生放送が売りだったけれど、スタジオとは名ばかりで酒類の箱が積まれた倉庫の一画のような場所を間借りしていたというのが実情だった（笑）。そして十二月二四日正午から二五日正午まで、ハマの大魔神こと佐々木主浩さんとともに「目の不自由な方のために音の出る信号機作り」を呼びかける二四時間のチャリティー生放送『ラジオチャリティーミュージックソン』のアシスタントをやらせていただいたのもいい思い出だ。

オフクロはまだ、というか、いつまで経っても気力が回復せず、祖母も私たちも次第に苛立ちを覚えるようになっていた。

そして、あくる二〇〇二年。オフクロがまったく新しい症状を訴え始めた。自分の唾が気になって仕方がないというのだ。

これが「痰が気になるよ」というならわかる。呼吸器系の病気も疑うところだが、オフクロが気にやんだのは純粋に（?）唾だった。

生きている限りはとめどなく湧き出てくる唾を気にするとは、いったいどういうことなのか。もともと若い頃から音を立てて唾をするクセがあった（実は私もそうだ）オフクロだが、加齢とともにむしろ唾は出なくなるものと聞いている。現に私なども近年は朝起きたときに口の中が渇き切ってしまい、起きると何はともあれコップ一杯の水で喉を潤しているのだから。でも、この当時のオフクロは四六時中ズーズーと音を立てて唾をすすり、ティッシュに微量の唾を吐いては丸めて捨てていた。たちまち祖母の家のゴミ箱は、ティッシュで溢れた。もしオフクロの年間ティッシュ使用量を時系列でデータ化したら、当時の数年間は間違いなく超異常値としてアラーム対象になっていたに違いない。

なんて冗談で片付けられないほど、オフクロにとってこの唾問題は深刻だったのだ。

「お兄ちゃん、唾が苦しいよ。助けて！」と、泣きそうな顔でそう訴えかけるオフクロは、時に唇の端にカニのごとく白い小さな泡を溜めていることもあった。おそらくは溺れて窒息しそうになるくらい苦しかったのだと思う。

しかし、湧き出ていることが健常の証ともいえる唾をストレスに感じてしまうオフクロに、どうしたら救いの手を差し伸べることができるのか、私にはわからなかった。

この頃、T先生がB病院を辞めてD病院を開業されたのを期に、オフクロの診察と処方もそちらでお願いするようになっていた。大学病院勤務の時には寡黙だったT先生だが、開業されてからはけっこう雄弁になられ、「お兄様はニッポン放送でスポーツアナウンサーをされてるんですよね。どうですかねえ、巨人は?」などと訊かれるようになった。照れ臭かったのが半分、あとは正直にいうなら「そんなことどうでもいいから、ちゃんとオフクロを診てください」って思いがもう半分だった。

ただ、T先生も唾問題に関しては閉口されていたようで、「松本さん、唾は気にすることないんだからね。逆に出なくなったら大変なんだよ」と何度もおっしゃっていた。

至極ごもっともだ。

一方、オフクロの方は「そうですね」と納得することはない。先生とオフクロのやりとりは、永遠に噛み合うことのない虚しいものに思われた。

明けても暮れても唾が気になって仕方がない。まさしく「唾」はオフクロを悩ます最重要問題であったが、解決の糸口はまるで見つからない。

唾の量や出方に異常が認められたわけではないので、原因はやはりメンタルな問題だったのだろう。思うに、うつ状態のオフクロは漠然とした不安に耐えられず、「これは唾の問題なのだ」と自分に言い聞かせ、それを具象化することで折り合いをつけていたのではないだろうか。

片時たりともじっとしていることのできないオフクロにとって、時間つぶしは「散歩」になった。日に五回、一〇回と回数はどんどん増えていく。それも以前のようにバスに乗って出かける元気はなく、家を起点として一ブロックの周回道路をひたすら回り続けた。これを散歩というのかどうかは甚だ疑問ではあるが……。

歩いている最中も、オフクロは唾を気にしていた。しょっちゅう立ち止まっては、ハンドバッグに何個も詰まったポケットティッシュを一枚抜き出して口を拭う。一周わずか三〇〇メートル弱のコースでも、こうして歩くと一〇分近くかかるので、家にいて「落ち着かないよ、唾が苦しいよ」と矢継ぎ早に言われて辟易としていた祖母にとっては、オフクロのこのプチ散歩が息抜きになっていたことは間違いない。

散歩の回数の多さたるや、相当のものだった。私が井の頭に電話しても「キミちゃんは散歩しているよ」って祖母から言われることがしばしばだった。それどころか、私が最寄りのバス停を降りたら、まさに散歩中のオフクロに遭遇することさえ何度かあったのだ。

そんな時は、「あっ、お兄ちゃん」と声を弾ませ散歩は中止、すぐさま家に帰る。やはり楽しくて歩いていたわけではない。あくまで手持ち無沙汰の時間を埋めるための手段に過ぎなかったと思う。それにしても、住宅街の一画をひたすら歩いては立ち止まって口を拭うオフクロの姿は、近所で気味悪がられてもおかしくなかっただろう。幸いなことに陰口はさておき、オフクロの行動に面と向かってクレームをつけてくる人は一人もいなかった。

雨が降るとオフクロの散歩はほぼ不可能になった。傘をさしながら、ハンドバッグからティッシュを取り出し口を拭うという動作が困難だったのだ。そんな日には家で祖母と二人、トランプ遊びをしていた。いちばんよくやっていたのはババ抜きと七並べ。

私がいる時は三人でやったが、いない時は祖母が根気強く遊んでくれたのだと思う。トランプをやっているといくらか気が紛れるのか、唾を気にする回数は幾分減る。でも何回か続けていると、「また唾が気になって来ちゃった」と泣きそうな顔になる。じゃあ1から数字を数えてみようか、と気分転換を計ったが、これまた100も数えると口をパクパクさせてしまう。唾、唾、唾、どこまでいってもツバ地獄。どうにもお手上げだった。

尿が止まらない！

唾が止まらなくて苦しい、落ち着かない、不安だ……。そんな愁訴に加えて、当時のオフクロにはもうひとつ困った症状が出始めていた。

起きている間、三〇分と置かずに放尿したくなる、いわゆる頻尿だった。

加齢とともにある程度近くなるのは仕方ないにせよ、その間隔がどんどん短くなっていくので看過できなかった。

T先生に外来でそのことを話したら、すかさず「少し尿を抑える薬を出しておきましょう」と薬を追加してくれた。

しかし症状はいっこうに改善されない。弟が「D病院の近くに泌尿器科の病院があるから一度行ってみれば」と言ってきてくれた。当時弟は、すでにネットでいろいろな事を調べる術を身につけていたのだ。

そのE病院の門を叩くと、先生はすぐに精密検査をしてくださった。しかし、出来上がってきた写真を見ながら先生がおっしゃった言葉には愕然とした。

「頻尿にはふたつの種類があります。ひとつはタンクである膀胱が、満タンになっていないのに満タンと勘違いして尿意を催す症状。もうひとつは尿が出にくくなっているために常に尿に行きたくなってしまうもの。前者であれば尿を抑える薬が有効ですが、お母様の場合明らかに後者ですから、尿の出をよくしてやらなければならない。逆効果の薬を飲んでいらっしゃったんですよ」

情けないやら、腹立たしいやら。T先生はそんな基本的な確認もせずに「尿が出過ぎるなら止める薬を出しておこう」という程度の認識で処方箋を書かれたのか。対症療法とはこういう医療をいうんだなと痛切に感じた。

泌尿器科の先生に処方していただいた正しい薬を飲み始めたら、オフクロの頻尿はすぐに治っていった。おそらく奥様であろう看護師さんと二人でやっていらっしゃる小さな病院だったが、優しく適切に道を正してくださったことに感謝している。当然ながらD病院への通院は、この一件をきっかけにやめた。

これとは別に、オフクロをもう一ヶ所、これまでとまるで異なる診療に通わせるようになったのもこの頃だった。

森田療法と呼ばれる独特なメンタル治療を、これまた弟がネットで検索してくれたのだ。渋谷からほど近いマンションの一室にあるF研究所は、普通の病院とはかけ離れた雰囲気だった。私たち（弟も含めて三人）は、邸宅の応接間のような部屋でしばらく待たされた後、先生が直接迎えにきてくださり、通された部屋は大学教授の研究室のようだった。大きな机を挟んで、パイプを咥えると様になりそうな学者然とした先生がディレクターチェアに座っていらした。そして初日は、一時間ほどかけてオフクロの生まれたときからの生い立ちをじっくりと訊かれた。

現在の症状に至る根本の原因を、患者の人生の歩みの中から注意深く見つけ出そうとする試みだった。それは、対症療法とは対局をなすやり方に思われたものだ。

2回裏　ラブストーリー

映画『バック・トゥ・ザ・フューチャー2』でタイムマシン車『デロリアン』に乗ったマーティが、未来にタイムスリップしたのは二〇一五年。ということで、二〇一五年は日本でも大いに話題となりました。自分の存在を消さないようにするために現在・過去・未来を行き来したマーティでありましたが、うっかり東京有楽町の路上に駐車したデロリアンを拝借して、私もタイムスリップしてみましょう。

オ〜ッと、メーターに表示されているのは、マーティがもともと存在していた一九八五年だ。なんと、ニッポン放送三階、公開放送もできるスタジオ『銀河』には、慣れないリクルートスーツを着た新入社員の松本秀夫君が入社式に臨まんとしております。

あれっ、その横でやや緊張した面持ちで佇んでいるのは松本喜美子、私の母ではありませんか。さらにその横には、なぜか別れた父までがノコノコとやって来て顔を並べております。

弊社の入社式は、子供がこれから働く職場を見てもらおうと、親の同伴が恒例となっておりますが、不肖の息子がフジサンケイグループの雄、ニッポン放送（当時はまだフジテレビの親会社だった）に奇跡的に入社できたという喜びを押し殺しつつ、他の新入社員の両親とぎこちなく会話を交わしております。

さて、現在の私から当時の私に伝えたいことは山ほどあります。後のライブドア騒動に注意せよとか、プロ野球の歴代優勝チーム、ダービー、天皇賞の勝ち馬なども教えたいところではありますが、後ろ髪を引かれつつ再びデロリアンに乗ってさらに過去へと旅することにしてみましょう。

オ〜ッと、どうやらどこかの学校に到着した模様です。『東京都立三田高校』という看板を掲げた高校。早速、お邪魔してみましょう。

どこからともなく、合唱の練習をする声が聞こえてまいります。おや、校舎の廊下を歩く男子生徒を追いかけ、弾んだ声で呼び止める女子生徒がいますね。一瞬嫌な予感がしましたが、お下げ髪の女子生徒の名札を見ますと、よかった「松本」とは書かれていませんでした。やはり母の恋物語を息子が目撃してしまうのは、照れくさいものがあります。ああ、赤の他人でよかった……と胸をなで下ろそうとしたのですが、ちょっと待って下さい。名札の名前は「新井」となってます。プロ野球選手会会長を務めるカープの新井と同じ名前。実は新井というのは、母の旧姓でもあります。声をかけられて振り向いた男性の名札はなんと「松本」！　三田高校の生徒である新井さんと松本君。まぎれもなく、私の両親に他なりません。なんということでしょう。しかし、実況アナウンサーの宿命として、父と母の出会いを目撃した以上、二人のなれそめをお伝えしなくてはなりません。

◉

オフクロの生い立ち

オフクロこと松本喜美子は、父新井光美（ミツヨシ）と母新井房子の長女として、昭和十二年一月三日に中央区月島で産声を上げた。ホントは前年の十二月二八日に生まれたのだが、数え年が普通だった当時は「すぐ年をとっちゃって可哀相」という至極単純な理由で、届け出を新年まで遅らせるということがよくあったようだ。喜美子の下には妹が一人、弟が一人。祖父はまじめ一筋、築地の鮭の仲買商で丁稚奉公からたたき上げた人だった。少年時代の私が家で会った時の祖父は、いつも咥えタバコで「ご破算で願いましては～は～」とか言いながら、六つ玉の大きな算盤を弾いていた（私はその算盤を電車に見立てて遊んでいた）。

さて、終戦を前にして空襲が激しくなり、オフクロが九歳くらいの時に一家は千葉の佐原に疎開。佐原は祖母の生家のある町で、利根川水系に囲まれた肥沃な大地に水田が広がり、水郷と呼ばれている。私も小学校時代、夏休みに何回かオフクロに連れられて佐原に行った。立派な山車が繰り出される佐原祭りも名物だったが、私はもっぱら田んぼの脇の用水路でザリガニを捕まえるのに夢中だった。

終戦後、一家は山谷のアパートで一年ほど過ごした。中学生になったオフクロは、一年足らずではあったが近所にある今戸中学に通った。やがて祖父は暖簾分けで鮭の仲買商『万光商店』を築地に構え、仕事仲間から港区三田の一軒家を買って移り住む。オフクロは二年生の時に港中学に転入したようだ。

万光商店は順調だったが多忙であり、祖母も店に出なければならなくなった。むろん築地の朝は早い。中学生のオフクロは飯炊きなど一定の家事を任されるようになり、幼い妹弟の弁当を作ることも仕事になった。まさしくとと（魚？）姉ちゃんである。

もともと手先が不器用（見事なまで私に遺伝している）なオフクロが、その年齢で弁当を作るのはかなりしんどかったに違いない。

こうしたことがトラウマになり、オフクロは生涯ずっと料理、とりわけ弁当作りにコンプレックスを持ち続けたのだ。

前にも述べた通り、井の頭に住む叔母がリハビリとして弁当作りの手伝いをさせてくれたことには感謝しているし、それ以外当時のオフクロにできることなど何もなかったとも言える。ただ、こうした中学時代の記憶も災いしたのか、弁当作りの作業からオフクロが自信を取り戻すことはなかった。

やがて、オフクロは港区立港中学から都立三田高校へと進学した。学業が優秀というわけではなかったのに三田高校に進学できたのは快挙に近かったらしい。

何事にも頑張り屋だったオフクロの本領が発揮されたのだと思う。

ほとんどカナヅチだったオフクロだが、中学時代、体育の時間に二十五メートルを泳ぎ切って喝采を浴びたという話を、本人から何回も聞かされたものだ。

「とにかく形もなにもなかった。苦しかったけれど必死でバタ足をしてどうにか泳ぎ切ったらみんなに拍手されたの」

そう語る時のオフクロは、本当にいつも嬉しそうだったし、私もこの話は好きだった。

私が受験の時に、やたらと「なせばなる」って私に言い続けていたのは、自分の水泳や進学の体験に基づいていたのかもしれない。

運命の人

さて、進学した三田高校で、オフクロは正真正銘「運命の人」に出会った。ひとつ年上の松本邦夫先輩、私のオヤジだ。東大卒銀行員の祖父とお茶の水大学卒の祖母の間に生まれ育ったオヤジは、いわゆるボンボンだった。当時のオヤジは、色白でヒョロッとした体形の、映画や演劇、音楽が好きなヤサ男だった。勉強がそこそこできてサークル活動にも熱心だった当時のオヤジ。校内放送部、音楽鑑賞部、コーラス部に演劇部。こうした部でリーダー的な役割を担っていたオヤジは、自分の入っている部のことごとくにオフクロを誘った。オフクロもまた、言われるがままに全部入部した。

下町生まれで、定番のおやつといえば「もんじゃ焼き」。魚河岸で汗水流して働くおとーちゃんとおかーちゃんに厳しく育てられ、それでもいつもケタケタと笑っていたオフクロにとって、オヤジは別世界の貴公子に見えただろう。オヤジもまた、天衣無縫なオフクロに惹かれたようだ。

高校時代の二人の最大の思い出は「椿姫」の公演。オペラが好きだったオヤジがコーラスで椿姫をやっているうちに、これは舞台もやるべきだ！　となったらしい。学内に多かった年輩の女性教師たちは、「高校生がやる内容じゃありません！」と、こぞって反対したそうだが、オヤジは「原語でやれば内容はわかりませんから」という、ものすごい理屈で反論した。これを後押ししてくれたのが音楽の鈴木先生だった。

ＮＨＫ交響楽団のコンサートマスターと親しかった鈴木先生は、機会があれば自分も学内で公演をやりたいと思っていたという。オヤジの提案は渡りに船だったようで「学内の説得は私に任せなさい」となった。公演会場はなんと日比谷公会堂！　資金的なことをどうクリアしたのか、オヤジの記憶も定かではないが、高校生の分際でよくそんなことができたものだ。

公演の全体を演出したのがオヤジ、女性コーラス部のリーダーがオフクロだった。そして演奏はなんとＮ響の皆さん。オヤジが高校三年、オフクロが高校二年。ふたりがまばゆいばかりに輝いていた青春時代だ。

やがてオヤジは学習院大学に進学。オフクロは、進学するつもりもないのに、オヤジと同じ試験会場にいたい！　というなんともはやな理由だけで受験した。

当時はまだ、「女子が大学に行くなんてとんでもない」という考えが広く残っており、祖母がまさしくこのタイプで、頑固にそう思っていた。「大学進学よりも嫁入り前に裁縫くらいできるようにしなさい」というわけで、なぜか文化服装学院に入学。けれども、まるで興味のない分野であることに加え手先が絶望的に不器用なオフクロにとって、毎日の授業は拷問のようなものだった。

ある時、スーツを作ってくるという宿題がどうしても出来ず、近所に住む洋裁の得意なオジサンに泣きついたというから、本当にしんどかったのだろう。

一方、大学に入ったオヤジは演劇部の活動に精を出していた。オフクロとの交際は続き、よく芝居やコンサートに二人で行ったらしい。祖父の影響からクラッシックをよく聴いていたオヤジにオフクロも付き合ってはいたが、オフクロが本当に好きなのはシャンソンだった。

銀座七丁目にあった日本初のシャンソン喫茶『銀巴里』に通いつめ、丸山明宏(現在の三輪明宏)や高英男のライブをよくみたという。

二人は銀座の『WEST』でクラッシックを聴きながらコーヒーを飲み、芝居を観た帰りは六本木の『香妃園』で鳥スープソバを食べたというから、昭和三〇年代前半としてはずいぶんとハイカラなカップルだったと思う。

オヤジの大学時代で一番の思い出は、旗の台にあった自宅の広間で行われたダンスパーティー。音楽好きな祖父が「どうせならウチでやりなさい」と言ったらしいが、六〇年代のアメリカ映画に出てきそうなことが実際に行われていたと聞いてビックリポンだ。

当時のオヤジの日記は今も残っており、掌よりももっと小さな手帳に、辞書のような細かい文字でぎっしりと書かれている。そのすべてを読むのは、老眼になってしまった今の私にはとても無理だが、ところどころ「新井さんと会った。楽しかった」という記述が出てくる。その一行からは、絵に描いたような、若い二人の純情青春物語が立ち昇ってくるようだ。

そして、こうしたパーティーをはじめ、松本家に頻繁に出入りするようになったオフクロのことを、オヤジは「この人しかいないと思っています」と家族に紹介していたという。

下町生まれの魚屋の娘にとって、山手のクラッシックが流れる洋館風の邸宅に住むシティボーイからのプロポーズは、心臓が止まるくらい嬉しい出来事だったに違いない。そして、この瞬間がまさにオフクロの人生のピークだった。

ともあれ、オフクロは文化服装学院を無事卒業した。私の記憶の中のオフクロはボタンを付けるのにも苦労していたと思うのだが、どうやって卒業したのか不思議だ（笑）。

卒業後、オフクロは近所にあった保険局でアルバイトをしていた。オヤジは学習院大学を卒業後、大手広告代理店の『電通』に就職。二人は当然の流れのように、昭和三四年に入籍。結婚式場は学士会館、披露宴が終わるとそのまま熱海へ二泊三日の新婚旅行。親戚がこぞって東京駅まで新郎新婦を見送りに来たという。

オフクロが夢にまでみた旗の台のお屋敷（いま思うとそれくらいデカかった！）での暮らしは少し後になり、二人の新婚生活は隣りのアパートからスタートした。

当時の旗の台の家は平屋で、祖父母の他にオヤジの弟（私の叔父）が住んでいた。新婚夫婦が住む空間は祖母用の四畳半の茶室（！）だけだったが、これに台所を増築しようということで完成までの半年間、仮住まいが必要だったのだ。これは私が生まれる前の話だが、実はそれから一〇年少し経って、仮住まいのアパートにはもう一度とんでもないことで世話になる。

そして、昭和三六年七月二十二日、旗の台の家で私は産声をあげた。

母と私と弟

3回表　患者と治療の相性

さあ、介護実況も3回へと入りました。

さて、いろんな病院に母を連れていくうちに、一口に医師といっても十人十色だということがわかってまいります。しゃべり方や雰囲気、処方する薬について丁寧に説明をしてくれる先生がいるかと思えば、患者の顔を見ずカルテしか見ないような先生もいました。どんな先生と巡り会えるか、ご縁が大切であり、先生と患者の相性が大事だということを感じる今日この頃であります。

野球でも相性というのは誠に重要で、往々にして勝敗を左右する要因ともなります。

「注目の一球。マウンド上で、ピッチャーは何度もクビを振っています。果たしてストレートか、それとも変化球で勝負か。ようやくキャッチャーのサインにうなずいた。セットポジションから投げた！　打った、大きい！　センターバック、見送った、ホ〜ムラン！　ピッチャーは恨めしげにキャッチャーを見つめております」

なんて場合、打たれた理由は、コントロールが甘く入っただけではなく、投手と捕手の相性が良くなかったというケースが多々あります。野球では、キャッチャーのことを女房役とも表現しますが、投手のことをよく知り、持ち味を引き出すのが大きな役目であります。どんなに優れた投手でも、捕手との相性が悪ければ勝ち星を稼ぐことが難しくなります。バッテリーの相性だけでなく、打者と投手の相性、時には選手と球場との相性なんてことも話題になります。

病気も同じように、ある人にはよく効く薬や治療が、他の人にも効くとは限らないということはよくある話であります。認知症やうつ病の場合も例外ではありません。

相性が良い治療を求めて、私は母をいろんなところに連れて行きました。オンボロ車の助手席に母を乗せてのドライブ。母も特に嫌がることなく、私との病院道行に付き合ってくれました。小さな車の中で母を横にしてハンドルを握る私、さながら球場の実況席のような形で二人並んで前を向き、「あの店、今度行ってみようか」、「あっ、あの店は昔行ったことあるよね」、「そういえば昔聞いたあの話だけどさ」等々。矢継ぎ早にしゃべりかける私。時には「そういえば、あそこは昔こうだった」と母から思い出話をしてくれることもありました。母と息子の束の間のドライブで見た景色、交わした言葉の数々は、今となってはかけがえのない思い出の一つであります。

◉

過去を掘り出す森田療法

森田療法の学者先生に診察してもらうF病院には月に一～二回のペースで通った。行き帰りのクルマに乗っている時のオフクロは気持ちが良かったのか、「ドライブはいいねぇ」などと、少しだけご機嫌だった。クルマにはほとんど絶滅寸前のカセットテーププレイヤーが付いていて、いつも同じ、弟の作ったお気に入りベストヒットを流していたものだ。

フランクシナトラ、ナットキングコール、トムジョーンズといった洋楽と、越路吹雪をはじめとするシャンソンなど邦楽の入り混じったテープ。

『浜辺の歌』という曲がインストゥルメンタルで収録されていたが、どういうわけか出だしの「明日浜辺には」って歌詞を、オフクロは毎回必ず、か細いながらもしっかり音程を取って歌っていた。

私も声を合わせて歌うのだが、二人とも同じような箇所からわからなくなるので、後はハミングでごまかす（笑）。

森山良子の『この広い野原いっぱい』も歌詞に合わせて歌っていた。やはりまだ睡は気にしていたけれど、そうやって歌で気を紛らわせている時は、ちょっとしたピクニック気分だった。

森田療法の先生からは、毎日日記を書くように指示をされていたが、これが問題だった。

朝八時起床
おばあちゃんと一緒に朝ご飯

散歩をした
昼ご飯を食べた
お兄ちゃんが来て嬉しかった
おばあちゃんとトランプをした
夕ご飯を少しだけ食べた
夜九時半、お薬を飲んで寝た
楽しかったこと……トランプをしていて楽しかった
つらかったこと……唾が出てつらい

毎日がこうした単調な文章の繰り返しなのだ。日記を読んだ先生がため息をつく。

唯一、「昨日見た夢は?」という項目だけ、「次男の制服が買えない夢を見た」、「松坂慶子さんの洋服を汚して、返してくれ! と怒鳴られた」、「高校時代の友人がホステスになっていた」、「借金の取り立てが来て怖かった」等々、なぜか毎日非常に具体的に書いてあった。先生はその部分に蛍光ペンでアンダーラインを引いて考えていらしたが、治療への道筋を辿るまでには至らなかった。

森田療法は、患者の心の内面を丸裸にすることで深層心理に迫り、最終的にうつの原因を探し出そうとする試みだ。難解なパズルを完成するのに夢だけが頼りというのは、例えるなら「パネルクイズ・アタック25」の決勝問題で、ほとんど虫食いの画像を見て正解を出せと言われているようなものだったろう。

　さらなるヒントを求めて先生は質問する。

「唾以外のことで、どんなことを考えるとつらくなりますか」

　オフクロはいつも困ったような顔をしてしばらく沈黙してしまう。

「……ちょっとよくわかりませんけど」

　先生も困った顔をしていた。私も困った。オフクロがようやく口を開いたと思ったら、

「……あの、唾がつらいんですけど」

　オフクロもまた心底唾に困っていたのだ。高校時代の椿姫が四五年後にツバキ婆さんになっているとは、どんな預言者でも決して当てられまい。

　そんなオフクロだったが、相変わらず雄弁になるのは過去について尋ねられた時だけ。

先生「結婚された後はどうだったんですか?」

オフクロ「つらかったです……」

先生「何がつらかったんですか?」

オフクロ「夫が家に帰ってきてくれませんでした……」

先生「どうして帰ってこなかったんです?」

　尋問は容赦なかった。これもまたオフクロの「うつの源泉」に辿り着くためとはいえ、時に涙

を流しながら語るオフクロを見ているのはつらかった。

オヤジの思い出

電通でのオヤジの仕事は制作、今でいうクリエイティブ部門であった。日本酒『神聖』の広告で、喜劇役者の伴淳三郎さんが「かあちゃん、いっぺぇ（一杯）やっか……」とつぶやくテレビCMは、オヤジのコピーだった。小学校で「オヤジさん、すげぇなあ」と言われ、鼻高々だったことを覚えている。私が小学校低学年の頃には「副部長」という肩書が付いていたから、出世もそこそこ早かったのかもしれない。

ただ、『電通』社員としてのオヤジについて心に残っていることといえば、世田谷の真中《まなか》で毎年行われた社員大運動会。どんな種目があったかは覚えていないが、会場は家族連れでごった返していた。そこいら中にドングリが落ちていて、それを拾うのが楽しみだった。たぶんオヤジもなんかの競争に出ていたのだろうが、こちらはどういうわけかまるで記憶がない。

家庭人としてのオヤジはまさに落第点だった。ほとんど家に帰ってこない。それも週に一回が一〇日に一回、二週間に一回とだんだん間隔が長くなる。今考えれば理由はひとつしかないが、当時は「お仕事が忙しいんだって」というオフクロの説明を真に受けていた。オヤジが帰ってくるのはいつも夜遅かったけれど、私はすごく楽しみだった。いつもは「もう寝なさい」と言われる時間でも起きて待つことが許されたのだ。オヤジは何かしらお土産を買ってきてくれたが、オフクロの好物のショートケーキが多かった。

帰ってくるとオヤジは晩酌をする。決まって「剣菱」を熱燗で飲む。ツマミの定番は「鮭缶」と、驚くなかれ「米粒炒め」である！　フライパンに米粒をパラパラッとやって醤油をかけてサッと炒めるだけ。香ばしい匂いはするし、せんべいのような味がしないでもないが、こんなものでいいのか！　オヤジに訊くとこれは「炒り米」といって、確かにオヤジの好物だったそうだ。それにしても、やっぱりオフクロは料理が得意ではなかったんだろうなあ（笑）。やがて朝が来ると、オヤジは家にもういないことが多かった。

「お父さん今度はいつ来るの？」と無邪気に訊く私をオフクロは「来るじゃないの。帰ってくるの」とたしなめていた。

森田療法では、こうしたやりとりが四五分ほど。一度の診療代は一万円以上と決して安い金額ではなかったが、オフクロが回復するならお金には替えられない。

何回か通い、過去を振り返れば振り返るほどに、オフクロのやり場のないストレスの蓄積が五〇年も前から始まっており、それは途切れることがなく、さらに増幅され、いつしか歪みが溜まって大地震……今の「うつ」に繋がったのだと容易に想像がついた。

その一方で、現在のオフクロの内面を写し出す鏡となるべき日記はといえば、相変わらず無味乾燥で「唾が気になります」「おかしな夢を見ました」以外のことはいっこうに具体性を欠いていた。

学者先生も正直、お手上げだったと思う。私と弟もこの治療法に限界を感じるようになり、いつの頃からか足が遠のいてしまった。

そんな二〇〇二年のシーズンオフ。私のオフ番組のお相手は森永卓郎さん。『ショウアップナイターニュース』という番組は、銀行国有化、不良債権、自己資本比率といった当時話題となっていた経済問題を優しく分析しつつ、そこに鶴光師匠ばりの下ネタを織り込むという画期的(?)な構成だった。どんなお題にも、必ず「乳輪」と解く森永さんのエロ謎かけも人気だった。ちょうどこの番組が始まった頃、無二の大親友の野球選手との飲み会でオフクロのことを話したら、奥様の知り合いにメンタルの先生がいらっしゃることを教えてもらった。

新たなる治療へ

彼の計らいで一度食事にお付き合いをいただき、オフクロの症状、経過を話したところ、「私が診てみましょう」と前向きなお返事をいただいたのだ。

その先生は、都内のG病院にお勤めの三〇代前半、バリバリの若先生だった。G病院は大学病院なので、ご多聞に漏れず外来は待ち時間が長かったが、若先生は真摯に話を聞いてくださり、しかも積極的に薬を変えていった。その姿勢はズバリ「チャレンジ精神」。

いろいろと薬の種類や配合を変えていただいたが、オフクロの方は「具合はどうですか?」と尋ねられると、やっぱり「唾が気になって困っちゃいます」の一点張りだった。ここは我慢比べだ。

ところで、G病院一階の会計で待っている時にコーヒーを飲むのをオフクロは楽しみにしていたが、その際に「アンパンが食べたい」と言い出したのがこの頃だった。売店で買ってやると「美味しいねぇ」を連発して、嬉しそうに貪るように食べる。

オフクロのそんな食欲を目の当たりにするのは本当に久しぶりだったから、私は嬉しくなった。「G病院の会計待ち　↓　コーヒーとアンパン」というのがいつしか恒例となった。

ところが、これはオフクロの次なる厄介な症状の前兆だったのだ。

二週に一回の通院を二ヶ月と少し続けた二〇〇三年四月一日、間の悪いことに若先生が転勤となった。それも赴任先は越谷。

この年はゴジラこと松井秀喜選手が巨人からヤンキースに移籍した年でもあり、私はニューヨーク出張を含めて多忙を極めていた。

本当に申し訳ないと思いつつ、越谷への付き添いをすべて弟に頼んでしまった。私が貸したクルマにオフクロを乗せ弟が運転して行ったのだが、さぞや長い道のりだったと思う。文句一つ言わずにそれをやってくれた弟には今でも本当に感謝している。

思えば長く介護をしていて、弟と険悪な関係になったことはなかった。

弟は何があっても私に対してイヤな顔をしたことがない。恥ずかしい話だが、諸々の事情で財布が逼迫した時に、恥を忍んで弟に無心したことがある。それでも弟は無条件、ふたつ返事で「いいよ！」と快諾してくれた。思うに弟は、オヤジとオフクロと私を客観的に見ていて、その弱いところを重々知っていたから、それを反面教師にしたのではないか。

会社をいくつか変わってはいるけれど、どこに行っても「癒やし」を与える存在のようで、弟の周りにはいろいろと相談を持ちかける人が多いと聞いている。仕事でも「困った時の松本さん」みたいな存在で、あちこちから救援を頼まれている。私も「困った時」の弟頼み。金にだらしなく情緒に流されて無茶ばかりする愚兄を、賢弟はいつもフォローしてくれる。しんどい介護は弟とタッグを組んでいなければずっと早い段階で破綻していたのだ。

それはさておき、若先生の積極的なチャレンジで、ある時オフクロのうつ状態が劇的に改善したことがあった。ちょうど祖母の家に私もいた晩の出来事だった。

「なんだか今日は気分がいいよ」

オフクロが快活にそう言ったから本当にビックリした。

ところが喜んだのも束の間、ほどなくオフクロが小刻みに震えだしてその場で倒れてしまった。すぐに回復して事なきを得たが、効き目の強い薬の副作用だったのか、オフクロの身体に合っていなかったのか、いずれにしてもメンタル治療における薬剤の処方の難しさを改めて実感した一件である。

もちろん、若先生が様々なチャレンジをしてくださったことには今でも大感謝している。

3回裏　命がけの夏休み旅行

行楽シーズン、夕焼けの中、駅に向かう遊園地の帰りの家族連れがいます。

お父さん、お母さんに両手を握ってもらった男の子、嬉しそうな表情で二人を見上げて何かをおねだりしています。オ～ッと、お父さん、お母さんが手を高く掲げました。ハッピー家族の象徴、両手ブランコのポーズが決まりました。有名な「捕まった宇宙人」の写真のように、グンと両手を伸ばしながら、足をブランブランさせて満足気な笑顔の男の子。

このような情景を見かける度に、私はいつも自分の子供時代を思い出してしまうのであります。両親の仲がうまくいってなかったということは、既に皆さんもご存知のことだと思いますが、私が小学生時代はそれでも辛うじて、家族みんなで旅行を楽しむということもありました。もしかすると父と母にブランコをしてとせがんだこともあるかもしれません。

ブランコをしてもらったという記憶はありませんが、万が一あったとしても、それは決して父母と出かけた行楽地の帰りではありません。

遠い日、日が沈みかけた道をトボトボと歩いているのは母と私と父、ではなく母と私と弟の三

人であります。一家の大黒柱の姿はどこにも見当たりません。
母子三人ではありますが、それなりに幸せそうな様子でもあるのが救いです。
オ〜ッと、母の右手を私が引っぱり、左手を弟が引っぱっております。ブランコならぬヤジロベエの完成です。
夕焼けに照らされ、長く伸びた私たちの影をよく見ると「↓」のようにも見えますが、いったいあの不格好な矢印はどこを指していたのでしょうか。

◉

小さなアドベンチャー

少年時代、オフクロとの思い出で楽しかったのは夏休み&冬休みの家族旅行。当時から活動的かつ小洒落た雰囲気が大好きだったオフクロがリーダシップをとり、山中湖、河口湖、八ヶ岳、伊東、といろいろ出かけた。

山中湖に行った時は冬だった。ワカサギの穴釣りをとても楽しみにしていたのだが、湖岸に行ったら氷が薄いからダメだと言われ、ガッカリしたのを覚えている。河口湖では『サニーデコテージ』という洒落た宿に泊まった。どの旅行でもオヤジはいつも途中から来て、途中で帰って行った。

伊東では『川良』という宿に泊まったが、私は着くとすぐに室内プールで泳いだ。砂浜から突き出た防波堤で、生まれて初めて海釣りをしたのも伊東だ。海の家で借りた粗末な竹竿だったけどフグが釣れた。「持って帰って家の水槽で飼うんだ！」と駄々をこねたが、あいにくハリを飲み込んでいて、フグの飼育は夢に終わった。そのかわり、伊東ではカニを捕まえて飼ったことがある。当時海辺にあった水族館に行くのが伊東旅行の恒例で、魚を見るのも好きだったが、それ以上に胸躍らせたのが水族館の裏手の岩場でのカニ捕り。捕ったカニはバケツに入れて持ち帰るのだ。石をひっくり返してカニがいると、もう夢中で捕まえた。

オヤジとオフクロもこれに付き合ってくれた。幼稚園に行き始めた弟も一緒だった。いつだったか、オヤジが生涯忘れ得ぬドジをやった。いつものようにカニ取りに夢中になっていると、オヤジの顔色が悪くなり、「ちょっと行ってくる」と、トボトボとした足取りで遠くの方へ歩いて行った。

「お父さんどうしたの？」

「トイレに行きたくなっちゃったんだって（笑）」とオフクロ。

前にも書いたが、松本家は皆あまねく胃腸が弱い。やがて落胆したような表情でオヤジが帰ってきてこう言った。「ウンが悪かったよ。俺は大丈夫だったけど（パンツが）ひとつ犠牲になった……」オフクロがウヒャウヒャと笑った。「いやあねぇ、もう。やめてよ！」

家族全員が笑った数少ない一コマだ。ちなみにその後で弟も催してしまい、これまたアウト！コテージ風の建物でお尻を洗ってもらっていた記憶がある。とにかく、なんとも締まりのない家族なのであった（笑）。

八ヶ岳では『清泉寮』というずいぶんと洒落た宿に泊まった。朝ご飯で出された、白い大きな皿に乗った、ふっくらとした黄色い卵（スクランブルエッグ）は、言葉を失うくらい美味しかったことを覚えている。こういうハイソな雰囲気が大好きなオフクロは、終始ご機嫌だった。

オヤジはこの時も例によって途中で帰ったが、オフクロとまだ幼い弟と三人でとんでもない恐怖体験（？）をしてしまったことを、私は今でも鮮明に記憶しているのだ。

宿の近くに大門川という川があった。その名前はハッキリ覚えている。林間学校で八ヶ岳に泊まった時、川遊びをしたのだ。それが実に楽しい思い出だったので、大門川という文字を見て興奮してしまった。

歩いていた道から見下ろすと眼下の川面はずいぶん下にあったが、私がどうしても行きたいと言い張り、三人で急な坂を下りていった。しかし、そのあたりはかなり流れが速く、とても川遊びができるような場所ではなかった。

それでも「あの場所を探すのだ」と頑張って飛び石を伝いながら移動したのがよくなかった。気がついたら陸の孤島のような所で行き止まってしまったのである。

よくよく考えれば八ヶ岳は広い、大門川も長い。林間学校で遊んだ場所を見つけるなんて宝くじ並みの確率だ。でも、気がつくのが遅かった。いま来たコースを振り返ると、とても帰れるようには見えなかった。思うに、行きは上流に向かって歩いたが、帰りに見下ろす流れはとてつもなく速く見えて尻込みしたのだろう。

やむなくそびえ立つような、岩と土がむき出しの斜面を、遥か上にあるガードレール目指して這いつくばって上がることにした。

ズズズッと途中何回か足を滑らしそうになる。「ファイトー、イッパーツ！」と叫びたいシーンだが、オフクロは幼い弟を背負っていたからシャレにならない。今思えば危険極まりない行動だが、一方でオフクロの人並み外れた根性がいかんなく発揮された局面でもある。

やがてオフクロは、持っていた小さな手提げカバンを放棄すると宣言した。中身はいくつかのぬいぐるみ。すべて弟のオモチャだった。その中には、弟の大のお気に入りの手の平サイズのパンダ「コッコちゃん」も含まれていたから、弟は「嫌だ、嫌だ！　コッコちゃんは置いていきたくない」と泣き叫んだが、オフクロは毅然としていた。「あきらめなさい、命がかかってるんだから！」

まったく、おしゃれな高原の昼下がりに何をやっているんだ、この親子は。

そうこうするうち、親子三人は命からがらガードレールまで辿り着いた。しかし、上から川辺を見下ろしてビックリ！　我々が決死の思いで這い上がってきた崖のわずか先には遊歩道があったのだ。動画で撮られていたら、爆笑間違いなしのアホアホアドベンチャーである。

そして後日、オフクロは申し訳なさそうにこう言ったもんだ。

「あの時はヤッちゃんに悪いことしちゃった。コッコちゃんくらい、私のブラウスの中に入れてきてあげればよかったねぇ」

私の慌て者っぷりは、間違いなくこのオフクロ譲りだ。

でも、楽しかった思い出は、オフクロの中ではほんの一握りでしかなかった（それがその後五〇年も変わることなく密やかに輝き続けて、オフクロの抱える闇の中にもわずかな明かりを灯したのだが）。

旗の台の暮らし

相変わらず、オヤジは家に帰ってこなかった。その一方で、ひとつ屋根の下に暮らしていた義父母（つまり私の祖父母）は、オフクロに対して非常に厳しかった。

祖母からは、二言目には「新井の家ではそれでよかったかもしれないけど……」というようなことを言われていた。

裁縫・炊事まるでダメのオフクロに対して、義母は料理の達人。グラタンやら焼きリンゴやら洋風のものもこなしたし、摘んできたヨモギで草餅を作ったり、ツクシのおひたしも得意だった。私が中学生の時に釣ってきた二〇尾くらいの「チャガラ」という金魚みたいなチビ魚を、一つ一つ丹念にさばいて唐揚げを作ってくれた時はビックリした。おまけに書道も相当の腕前。まさに非の打ち所のないような婦人だったが、ただひとつ酒癖があまりよろしくなかった。夕ご飯を作りながら、毎日のようにチビリチビリ。いわゆるキッチンドランカーだ。普段はおしとやかで、笑う時にも必ず口元に手をやるほど上品な祖母が、飲むとけっこう絡んでいた。

ある時、もうリタイヤしていた祖父が「また飲んでいるのか！」とたしなめたら、

「あなたなんて、しょせん堕ちた偶像ですよ」

とやり返した。祖父は、「何をっ！」と言ったきり言葉が続かなくなってしまった。子供ながらに、頭のいい人が酔っ払うとこういうことを言うのかと、感心したものだった。

この「堕ちた偶像」はその後、下町のオフクロの実家でも話題となった。「おい、母ちゃん。俺にも堕ちた偶像って言ってみてくれよ」と祖父がはしゃぐ。「そんなことを言えるもんかい」と祖母。オフクロも大笑いしていた。でも旗の台に戻ればそれは笑うことのできない現実。オフクロはたぶん、そんな古風にして見識溢れる祖母から「松本家の流儀」をこんこんと説かれたのだと思う。

厳格な祖父は、クラッシックと写真が趣味で巨人ファン。日頃からステレオで「ボレロ」みたいな曲を大音量で流し、近所のおじさんがクレームをつけてくると「黙れ！」と逆に怒鳴り返すような人だった。写真に関してもこだわりがあり、家の地下に現像室を作るほどだった。薄暗いコンクリートむき出しの階段を降りて裸電球を点ける。現像に使う酢酸独特の匂いが漂い、祖父といるその部屋はなんとも神秘的な雰囲気だった。私も『オリンパスペン』という小さいカメラを祖父からもらって、いろんな写真を撮った。

巨人が負けると機嫌が悪くなるのも困りものだった。祖父が持っていた選手名鑑は、赤青鉛筆

で書かれた悪口やらなんやらでいっぱいだった。後楽園球場には、二、三回連れていってもらった。球場で食べた鳥皮に甘くねっとりしたタレをつけた焼き鳥の味が忘れられない。昭和四九年の秋に来日したニューヨークメッツ対巨人の試合に連れて行ってくれたのも祖父だった。

当時、メッツのファーストを守っていたジョー・トーリは、後にヤンキースの名監督となり、松井秀喜を指導する。少年時代に観戦したメッツ対巨人戦から数十年後、私が松井の取材でニューヨークに出張することになろうとはその時知るよしもなかったが。

祖父は、私の趣味だった昆虫採集にもよく付き合ってくれた。私が夢中でバッタを追いかける姿を撮ることが目的であったとしても、私には圧倒的に優しかった。そして「子供を叱るものではない」という頑なな信念を持っていた。しかし、祖父のこの信念は、オフクロの子育てにストレスを与えていた。

オフクロに叱られると、私は泣きながら祖父のもとに行く。すると「子供を泣かすとは何事か！」と、祖父がオフクロを怒鳴りつける。いつしか私は悪知恵を身に付けてオフクロを困らせた。思えば嫌なクソガキだった。オフクロの旗の台暮らしの現実は、夢に描いたものとはかけ離れた、がんじがらめの地獄だったのだ。

4回表　痴呆と診断された日

さあ、介護実況も、そろそろ打者一巡という4回に突入しました。まだまだ序盤ではありますが、この時点で母が受診した病院は、さらに増えて八ケ所となっています。

ドクター交代のタイミングが早いのでは、というご指摘を受けそうですが、こちらとしてもできることなら信頼のおけるお医者さんにずっと診てもらいたいというのが本音です。しかし、理想と現実はかけ離れておりまして、母のことを考えると交代を告げざるを得ないというジレンマに陥っていました。

プロ野球の投手にとっても、監督から告げられる投手交代の宣告は、できれば聞きたくないものです。つらい宣告といえば、シーズンオフの戦力外通告もその一つであります。野球人生の終了を告げられるわけですから、選手にとっては痛恨の極みでありましょう。野球に限らず、人生には宣告に立ち合わなければならない様々な場面があります。

「ごめんなさい。松本君とは、これからもいいお友達でいたいから」とフラれたことなどは数えていたらキリがありません。

「今度失くしたら！」と叱られたのは、免許証を紛失し再発行手続きをした時のこと。実はあまり知られていませんが、免許証番号の末尾は再発行の回数を意味します。これが多いとモノをよく失くすルーズな人間と判断されます。時には裏で何か犯罪行為をしているのでは、と疑われることさえあります。失くした私の免許証の末尾は2。係の人から「2回も失くすなんて！」と叱られた次第でありますが、実はあの時の係の人が、「2回」ではなく「12回」の末尾だったと知ったら、免許証は取り上げられていたかもしれません。

もの忘れがひどいと言えばそれまでであります が、日々、母のことで精根尽き果て、他のことに注意が払えなかったということでご容赦いただければ幸いです。ちなみに、最近は泥酔することもなくなり、免許証を入れた財布にヒモを付けるなど、厳重に管理していますので、運転免許センターの皆さんもご安心下さい。

さて話がそれてしまいましたが、非情の宣告といえば、診察室でそれを聞くことも多々あります。あの日、母といっしょに聞いた宣告も、青天の霹靂だったために、グサッと胸に突き刺さりました。

今にして思えば、心のどこかで薄々気がついていたのかもしれません。少なくともその可能性もあると覚悟をしておくべきだったのですが、恥ずかしながら、私には本当に寝耳に水の単語でした。それは「痴呆」という二文字。今では「認知症」という言葉に置き換えられるようになりましたが、その言葉を聞いた瞬間は、不治の病だと宣告されたような気がして、まさに茫然自失状態で、診察室でポカンと口を開けるしかありませんでした。

◉

最悪の宣告

オフクロの病院放浪で訪れた施設は、この時点で八軒。酒ぐせの悪い私でもここまではいかない。そして九軒目がＧ病院系列で紹介された江東区のＩ病院だ。祖母の家がある井の頭からバスで吉祥寺に出て、東西線直通の中央線各駅停車に乗れば一本だった。片道一時間、入院前の外来の時にはオフクロに運動をさせるため、あえてこの方法を使って通った。「クルマで行くんじゃないの？」というオフクロの恨めしそうな物言いには参ったけど。

オフクロは、相変わらず唾が気になって仕方ない様子だった。電車やバスに乗っている間も、ひたすらハンドバッグからポケットティッシュを取り出して口元を拭い続けた。あまり擦るから上唇の上が赤くなってしまい、傍から見ていると、唾よりもそっちの方がよほど痛々しかった。

病院に行く時には、バスの時刻表を調べた上で、充分な時間の余裕を持って家を出ることが必要となる。チョコチョコと「小足」で歩き、しかも唾を拭くために何回も立ち止まるから、通常二分で行けるバス停までの道のりが五分くらいかかるのだ。

最寄りの地下鉄の駅を出ると、目の前に弁当屋さんとコンビニと処方箋薬局があるくらいで、いわゆる商店街のような活気がまるでないからちょっとびっくりする。一応バスやタクシーに乗れるロータリーがあり、それをぐるりと半周して裏手に回るとすぐに病院の敷地に入る。広大な土地に大きくて頑丈な建物がどっしりと構えていた。駅の周りはあまり人気がなかったが、病院内は人がいっぱいだった。高齢者専門の病院とあって若い患者さんの姿はない。

とにかく大きな病院で、受診のための手続きを終え待合室代わりの通路に入ると、長椅子が壁沿いに幾つも置かれていた。外来診察だけでも四ヶ所くらい扉があって、どこから呼ばれるのかと目が泳いでしまう。「アンパン食べちゃダメかなあ」「ツバが気になるよ」と、呼ばれるのを待つ間もオフクロはそればかり。

三〇分くらい待って、ようやく診察室に通された。五〇代とおぼしき、横分けでメガネをかけた中肉中背の先生が、落ち着いた、そして淡々とした口調で問診を始めた。

いつ頃からどんな症状が出て、今どんな状態かというようなお決まりの質問に、私とオフクロが半分くらいずつ答えた後、オフクロに対して質問形式の簡単なテストが行われた。

「お名前は？」

「生・年・月・日はわかりますかっ？」

「お住まいは、ど・ち・ら・ですか？」

「今の季節はなんだか、わかりますか？」

それが痴呆（認知症）のテストであることは、私にもすぐにわかった。目の前のオフクロに対して顔を突き出すようにして、一語一語はっきりと、これでもかってくらい大きな声で訊かれるのは、側で見ていても気持ちのいいものじゃない。

オフクロは、どの質問にもスラスラと正確に答える。「どうだ、一〇〇点満点だろう?」と、してやったりの気分だった。

「だいたい、なんでこんなテストをするんだよ。オフクロはうつ病なのに」とその時思ったことを記憶している。

その日は確かそれで診察が終わり、症状に合わせた処方箋が出された。

その後、「いろいろと調べたいので今度は脳のMRIの検査をしますから日時を決めていただけますか」と言われた。MRI、いままでの病院では一度も言われなかったことだった。

そして、検査の当日。私もかつて受けたことのあるMRI。筆舌に尽くし難い壮絶な雑音を聴かされながら、狭いカプセルの中に三〇分くらい寝ていなければならないやつだ。そんなものにオフクロは耐えられるのかな、と思ったら、意外と普通に出てきたので拍子抜けだった。しばらく待っていると、私だけが診察室に呼ばれた。

「お母さんはそちらでお待ちください」と看護師さん。

「なんだよ、なんなんだよ~」私は嫌な予感でいっぱいだった。

白っぽい明かりに照らされた縦置きの台に、一目瞭然、脳の断面図とわかる写真がクリップで止められていた。淡々メガネ先生は写真を見るでもなく落ち着いた口調で話し始めた。

「松本さんは、前頭葉側頭葉型痴呆の可能性が高いと思われます」

「ゼントウヨウチホウ?」初めて耳にする単語だったが、「チホウ」という言葉だけは、はっきり、矢のようにグサッと耳に突き刺さった。

えっ、オフクロはうつ病じゃないんですか?

「初期の前頭葉側頭葉型痴呆とうつ病は非常に区別がつきにくいんです。まったく区別がつかないこともある。ただ松本さんの場合、やる気がなくなったり、物事への興味が薄れたりしている。これは前頭葉側頭葉型痴呆によくある症状なんですよ」

鼓動が速くなるのがわかった。

「じゃあそれは……この写真にも何かが出ているんですか?」

「いえ、今のところ脳の萎縮もないし、血流も悪くなっていませんが、やがてそうした症状が出てくると思います」

なんだよ、異常がないのにそう診断するなら写真を撮る意味がないじゃないか。湧き上がる疑問に蓋をして私は質問を続けた。

「そのまま症状が進んでいくと、どうなるんですか?」

「症状はやがて脳全体に広がっていきます」

「それで最後は?」

「理解力、行動能力が徐々に失われて、最終的には何もわからなくなる、完全な痴呆になりますねぇ」

オフクロが痴呆症？　目の前が真っ暗になった。そんなバカなことがあるか！

「写真では何も異常がないんでしょ？　なのに、確実に、絶対に、痴呆だって言い切れるんですか？」

「絶対ということはありませんが、症状からしてその確率が高いんじゃないかということです」

コーナーポストを背にじわじわ追い込まれた私は、とっさに体を入れ替えた。

「でもその……ぜんとうよう……痴呆（前頭葉側頭葉型痴呆）は治せるんでしょ？」

「残念ながら今の医学では治すことは不可能です。ただしアリセプトという薬を使って進行を遅らせることは可能ですが」

治すことはできないだって？

またまた、ヘビー級のストレートパンチをもろに正面から食らって私はぐらついた。でもここでダウンをしている場合ではない、なんとか体勢を立て直さねば……。

「わかりました。でもまだ痴呆症と決まったわけじゃないんだから、家族としては、うつ病の可能性を信じてそれを治すこと、を目標としたいのですが」

「それはそれでいいと思いますよ」

先生はあくまで落ち着いたものだ。試合を判定に持ち込んだものの、私の完敗。淡々メガネ先生は、髪の毛一本乱していない。

「ちょっとアンタねぇ、さっきから聞いてりゃ、なんだってそんな冷静な顔で非情の宣告ができるんだよ？　こっちを傷つけまいってオブラートにくるむなりなんなり、表現の方法はいくらでもあるだろうにさ！」と悪態をつきたいのを抑えたものの、あまりのショックに、まるでお門違いとわかっていながら、先生に敵意を抱いた。

「あ、お兄ちゃん。先生なんだって？」と待合室のオフクロが待ちかねたように訊いてくる。

「大丈夫だよ！　しつこいうつ病だけど焦らずに治していきましょうだって」

不思議だが、その時、嘘をついていることによってドギマギすることはまるでなく、明るくしっかりとそう話すことができた。

この病院は、いくつもの診察室から出て繋がっている廊下が一本の大きな通路にジョイントし、その通路の中央カウンターで会計を済ませるようにできていた。順番待ちの人たちが席を埋めている。この中のどれくらいの人がオフクロと同じような「痴呆」の診断を下されているんだろう、と周囲の人たちの顔を思わず見てしまった。

支払いを済ませてさらに進むと突き当たりに一階の広いロビーを見下ろす回廊があり、そこにトイレがあった。オフクロは毎回そこで用を足してから、階下のベンチに座り、会計の時と同じように処方箋薬の受け取り番号がボードに表示されるのを待つ。

ガラス張りの正面壁面の向こうに、植栽された院内の街路樹の緑が目の保養になった。さらにその向こうの広い通りを、湾岸線が近いからか、長距離トラックが行き来していた。

「お兄ちゃん、アンパン食べたい」

オフクロは、この先の人生でどこに運ばれてしまうんだろう。さすがにこの日はいろんなことを考えた。

※注：前頭葉側頭葉型痴呆　現在は「前頭側頭型認知症」と呼ばれ、主に大脳の前頭葉と側頭葉の委縮が目立つ脳疾患。ピック病や運動ニューロン疾患型、前頭葉変性症などが含まれる。前頭葉は物を考えたりする中枢的な役割を持った場所。感情をコントロールし、理性的な行動ができるようにしたり状況を把握する機能を持っていて、生きる意欲を湧き立たせることができる部分でもある。主な症状として「身だしなみに無頓着になる」「毎日、同じものを食べ続ける」「周囲の人を無視したり、馬鹿にした態度をとる」「意味もなく同じ言葉（あるいは行為）を繰り返す」「自発的な発語が減少する」「興奮状態になりやすく、暴力を振るうことがある」などがある。アルツハイマー型認知症や脳血管性認知症などに比べると患者数が圧倒的に少なく、その症状から他の精神病（うつ病や総合失調症など）と診断されてしまい、適切な治療が行われていないケースも多い。また一般的な社会規範から逸脱した行動を起こすことが多く、犯罪行為とみなされ職を失うこともある。脳の構造上の変化を知るための頭部ＣＴ検査やＭＲＩ検査を受けることで、その違いを見分けることができるが、脳の変化（委縮）があまり見られない初期段階の患者では判断のつかないこともある。また現在、アルツハイマー型には有効なアリセプトは、前頭葉にストレスをかける可能性があるとされ処方をされないのが一般的。

4回裏　オフクロの依存癖

「さあ、バッターボックスには四番、掛布が入りました。じっとバットを見つめ、右、左とユニフォームにタッチして間合いを取ります」

掛布だけでなく、バッターボックスに入ってからの動作が忙しい選手はたくさんいます。掛布は、後に「あの行動の一つ一つには意味があった」と回想していましたから、今風に言うなら「ルーティン」だったのでありましょうか。イチロー選手もすべての所作に意識を持っているといわれていますが、中には無意識な癖というのもあるはずです。

俗に「無くて七癖あって四十八癖」なんてことを申します。人は誰しもいろんな癖を持っています。心理学では、人間の癖や仕草には、すべて理由があると考えるそうです。

学生時代、雑誌『GORO』や『スコラ』で、「カフェバーで脚を組んでる女性は欲求不満だ」なんて記事を鵜呑みにし、実際にカフェバーやプールバーで脚を組んでる女性を見つけては妄想。ホントに欲求不満だったのは自分であることも気がつかずに盛りあがったこともあります。

もちろん、私の母にもいくつかの癖がありました。玄関を開けた時にいい香りが漂ってくると、

「あ、またやってるな」と気がついたものです。いい香りといっても、母にアロマテラピーの趣味があったわけではありません。台所にポツンと座った母が手にしていたのは缶です。缶ビールや缶チューハイではありません。

母が両手で抱えていたのは、お茶っ葉が詰まった缶であります。蓋を開け、その茶葉を口に入れる様子は、子供心にもやや不安を感じるものでした。

実は茶葉には、ポリフェノールやカテキン、ビタミンCなどが豊富に含まれていて、生活習慣病の改善や抗酸化作用、口臭予防など様々な効能があるそうです。当時の母がそうしたことを知っていたとは思えませんが、お茶の葉には、頭や身体をリラックスさせるストレス解消作用もあるといいます。

もしかすると、母のお茶の葉を食べる癖は、無意識に行うストレスのはけ口だったのかもしれません。今から思えば、母の癖の一つ一つにも意味や理由があったのでしょう。けれども、私は気がつくどころか、「辞めて」、「よして」、「いい加減にして」と、あろうことか親に難癖をつけるばかりなのでありました。

◉

アンパン食べたい！

ひょんなことから、アンパンが美味しいと言い出したオフクロ。なんとその後、アンパン依存症になってしまった。毎日毎日、明けても暮れても「アンパンが食べたい、もっと食べたいよ」と訴えるのである。祖母が、ちゃんとご飯を食べたらアンパンを食べようね、と諭すのだが、こちらはひと口ふた口食べる程度で「食べたから、アンパンちょうだい」と騒ぎ出す。こうなると、まるで子供だ。

しかし、アンパンを食べたがるなんて今までなかったのにどうして？

ただ昔を振り返れば、思い当たることがないでもない。

私が小学校四年生くらいの時、オヤジは多忙を極め（そしてまた他に帰る場所があったのか）、いよいよ家に帰らなくなっていた。

当時はまだそれほどメジャーな仕事ではなかった「イベント」の演出依頼が引きも切らずオヤジのもとに舞い込んでいたのだ。大阪万博（みどり館をプロデュース）から銀座祭り、毎年行われる国体まで、大きな仕事を仕切っていたオヤジはやがて電通を辞め、仲間とともに会社を立ち上げた。

「亜戸淳演出事務所」

オヤジが、ペンネームを持ったのだ。「亜戸」は広告でよく使われる「ＡＤ」。「淳」は、おかしな話だが、私が生まれたときに付けるつもりの名前だった。

しかし、当時の松本家で絶対権力（？）をふるっていた祖父富士秀が「自分の名前にちなみなさい」となかば強制的な要望を出した。

富士夫？　秀夫？　結局、二者択一で「松本秀夫」が誕生したのだ。

その時かなえられなかった思いが、やっと反映されたわけである。

それはともかく、「亜戸淳」演出事務所は大繁盛。オヤジはますます忙しくなった。その一方、家でひとり寂しく待つオフクロの精神状態が崩れてきた。そして依存症になった。

依存の対象はお茶。それも飲むのではなく茶葉をそのままバキバキと食べてしまうのだ。花束をムシャムシャと食べてしまう往年の人気プロレスラー、ボボ・ブラジルと大差ない「奇行」だが、オフクロは真剣だった。茶筒を抱え、茶葉を食べて気持ちを落ち着けていたんだろう。タデ食う虫も好き好きとはよく言ったもので、その時のオフクロにとっては、茶葉が美味しく感じられたのだろうか。あるいは香り？　食感？　いずれにしてもオフクロは茶葉を食べ続けた。そして、まだ子供だった私には、それがストレスから来るものだという発想はまるでなかった。オフクロはどうしてそんなものを食べるのか、不気味で怖かった。

「お茶食べるのやめなよ。おかしいよ！」

本人も、さすがに変なことをしているという自覚はあったのか、「そうね。おかあさんどうかしてるね。お茶っぱなんて食べるものじゃないんだけど、どうしても食べたくなっちゃうの。おかあさん弱いね……」

「食べるところ見つけたら罰金だよ！」と、必死に止めさせようとした記憶がある。

やがて茶葉を食べるのが治まったと思ったら、今度はタバコだ。それも吸い込んじゃいない、ふかしていたんだと思う。ただこれもどんどん常習化していった。タバコはオヤジも吸っていたから茶葉の時のように怖いとは思わなかったけれど、オフクロ自身が「また吸っちゃったよ、身体に悪いよねぇ」と言うものだから、だったら止めなよと言いたくなる。またもや罰金制度を導入して止めさせた。

続いてはコーヒー。これはごく一般的な嗜好品だから止めることはないのだが、量が半端じゃなかった。飲みすぎて「なんだか気持ち悪くなっちゃった」なんてこともよくあった。コーヒーの方は、私が中学を受験する時に「お兄ちゃんが受かるまでコーヒー断ちをするよ」といってピタリと飲まなくなった。意志が強いのか弱いのか、まことにもってよくわからない。ただ、嵐の海でもまれながら、オフクロが何に代えても子供たちだけは、と必死で守ろうとしてくれたことだけは間違いない。

そんなわけで、オフクロは私が子供の頃、少なくとも三〇代の初め頃には、すでに様々なものに依存していたのだ。

今回は何十年ぶりかで（いや正確には私が知らないだけで様々なものへの依存を繰り返していたのかもしれないが）アンパンに依存した。I病院に通院しながら、相変わらず丼の頭に居候していたオフクロだが、このアンパン依存症は祖母を相当疲弊させてしまった。

「いま食べたばっかりだからダメだよ。我慢しな」と言っても、五分としないうちにアンパン食べたい、と駄々をこねだす。同時に唾が気になると言っては、ティッシュで口元を拭っているのだ。「一時間してから食べなさい」と言い聞かせても、三〇分ともたない。私が言っても同じだった。

顔を見るなり「あっ、お兄ちゃん来てくれたの。アンパン食べていい？」ってな具合だ。

誰の発案だったのか、五個入りのミニアンパンを買うようにした。とにかく、頻繁に食べさせないとうるさくて仕方ないから、一個の量を減らそうということになったのだ。ミニアンパンといっても子供の拳くらいの大きさはある。それを半分にして、一時間に一度くらい食べさせた。

ところがそれで飽き足らないオフクロは、勝手に棚を開けて食べるようになってしまったのだ。それを見とがめた祖母が手を叩いたことがあったような気もする。

「このわからずや！」

こうなってくると、オフクロのため、そして老々介護に苦しみ始めた祖母のためにも、再び入院を考えざるを得なかった。

再び入院

アンパンの抑制と落ち着かない不安感の改善を目標に、それまで通院していたI病院に入院することになったのは二〇〇三年のオフシーズン、評論家の田尾安志さんと『ショウアップナイタースクトライク』というワイド番組を担当した年だ。

二人とも大の釣り好きだったから、朝、海に出てから出社するといったことは頻繁にあった。今で言う「エクストリーム出社」である（笑）。ある時、相模湾でカツオ釣りをしたのだが、なかなか釣れず船頭さんが大島の近くまで行ってしまったことがある。ヤバイ！　こんな所まで来ちゃったら会社に間に合わないよ。「船頭さん、急いで引き返して！」と大急ぎで戻ったものの、結局乗ってきたクルマは港に置きっぱなし。東海道線に飛び乗り、放送開始十五分前に滑り込みセーフ。田尾さんを前面に押し出したので大目玉はくらわずにすんだのだが、ホントに生きた心地がしなかった……なんてこともあった。母の依存症を云々する私は、さしずめ釣り依存症と言うべきか。

Ｉ病院は非常に大きな病院であったが、アットホームな雰囲気で、フロアのスタッフの方々はみんなオフクロに優しかった。もっとも、オフクロよりはるかに高齢の患者さんが多かったから、皆さん優しく声がけするのが習慣になっていたのかもしれない。

病院側がオフクロを前頭葉側頭葉型痴呆とみなしているにも関わらず、家族はそれを受け入れていないという捻れを抱えてはいたが、とにかくアンパンをいかに我慢させるかが喫緊の問題だったので、病名はこの際関係なしだった。

共同の食事スペースにあっても、多くの患者さんが刻んだ食べ物やペーストを介助してもらいながら食べているのに対して、オフクロは通常メニューを自力で食べることができた。薬の副作用によるパーキンソン症候群の影響で、スプーンの運びはスムーズとはいえなかったが、それでも他の皆さんに比べるとオフクロは断然ちゃんとしていた。

ただし、出された食事を全部食べるのは一苦労だったようで、「食べなきゃダメ？」と何度も訊いてきた。それと、何を食べていても「味わう」ということがまるでなく、おひたしを半分くらいかき込んだと思ったらお茶で流し込む、炒り卵をポロポロこぼしながらがっついて食べる、「そろそろご飯も食べようか」と促すと機械的にご飯を口に入れる、といった具合だ。そこに、楽しんでいるという様子はかけらも感じられなかった。

その一方で、アンパンに対する執着は相変わらず異常だった。食事の最中から「全部食べたらアンパン食べていい?」と訊いてきたほどだった。

センターでは、オフクロのアンパン摂取について独自のカリキュラムを組んでくれた。一時間半に一度、看護師さんや介護士さんがタッパーウェアを持ってオフクロのもとにやってくる。中にはミニアンパンを四分の一サイズに切ったものがたくさん入っていた。

「はい松本さん、アンパンタイムですよ」と言って、看護師さんは一回にその小さなかけらを一個ずつ食べさせてくれた。オフクロの欲求からすれば到底足りない量だったかもしれないが、正確な時間管理をしていただくことでリズムが生まれ、オフクロもそれを理解し受け入れるようになったのだ。

多くの患者さんを抱える中で、オフクロ一人のためにそんな特別措置を行うのは大変な負担だったと思うが、スタッフの皆さんはローテーションを作ってきっちりとやってくださった。いくつもの病院にお世話になったけれど、この一件に関してはI病院に大変感謝している。オフクロにとって、この病院で過ごした二ケ月は、非常に落ち着いた時期であったように思われる。

オフクロが比較的安定した状態でいられたのは、優しいスタッフさんたちの中にオフクロがお気に入りの若い男性がいたことも理由の一つ。髪がやや長い、年齢は三〇歳前後。スラッとしていて、細やかな気配りをしてくれるタイプの人だった。

オフクロがお気に入りなのは、ナースセンター内でも有名だったようで、「松本さん、今日は○○さん来てくれたあ?」なんて冷やかされると、嬉しそうに「さっき来てくれた」と少しだけ笑っていた。

そうした人間らしい、女性らしい感情の起伏がほとんどみられなくなっていた時期だったから、オフクロがちょっとした恋心(?)を抱いてくれたのはすごく嬉しかった。

余談になるが、週に一度くらい病院に見舞いに通っていた私は、一度だけ大ドジを踏んだことがある。

もう寒い時期だったと思う。日が沈み暗くなった頃に到着した私は、クルマを駐車場に停め、ピーコートのポケットに手を突っ込んだまま小走りに病院の入り口に向かっていた。ところが駐車場の輪留めに足が突っかかり、そのまま前にドーンと倒れたのだ。ポケットに手を入れていたから防御できず、額を縁石にガツンとモロに打ちつけてしまったのだ。

額が切れて、血液とともに透明な体液が流れ出ているのがわかった。もちろん頭はガンガン痛かった。ただ面会終了時間が近づいていたので、そのまま通用口で記帳を済ませ、エレベーターで上がり、ナースセンターの前を通ってオフクロの部屋に行こうとしたら、看護師さんに呼び止められた。

「あの……、どちらに行かれるんですか?」

「いや、○○号室の松本喜美子に面会です、遅くなってすみません」

「面会の前に、あなたの治療が先ですね」

私が患者になってしまった。応急処置で消毒をしてもらっている間の恥ずかしかったこと。治療を終えた私は、包帯を巻いたままオフクロの病室を見舞った。

「どうしたの、お兄ちゃん。大丈夫?」

「あ、大丈夫だよ。ちょっとね……」(ズキズキ、ズキズキ)

しゃべっている間も、また血液とは違う透明な体液が目元までつたってきて、なんともウザかった。

「今日はもう帰るけど、新しいアンパンをナースセンターに預けてきたからね」

一度開封したミニアンパンは、そんなに日持ちがしなかったので、多少無駄もあったけど何日かに一度新しいものに取り替える必要があったのだ。

「お大事にね。気をつけて帰るんだよ」

この日ばかりは、私がオフクロに労わられてしまった。情けないけどそれもまたいいか。オフクロには、まだ人を心配する気持ちがちゃんと残っている。痴呆になんかなるものかと、自分に言い聞かせるように私は車のハンドルを握った。

5回表　老々デスマッチ

ナンセンストリオのギャグと聞いて、「親亀の背中に子亀を乗せて♪」というフレーズを思い出す人は、おそらく五〇歳代以上のはず。正しくは「親亀の背中に子亀を乗せて、子亀の背中に孫亀乗せて、孫亀の背中に曾孫亀乗せて、親亀こけたら、子亀孫亀曾孫亀こけた♪」と続くわけですが、少子高齢化のニッポン、老いた親を老いた子が見る「老々介護」が問題となっております。ナンセンストリオ風に言うなら「子亀の背中に親亀乗せて♪」といったところ。

しかし、我が松本家の場合はさらに深刻で、母の面倒をみていたのは祖母でありました。

ヨタヨタと覚束ない足取りで坂道を上がってくる老婆をよく見ると、背中に背負っているのは、リュックサックではなく老いた娘、「婆亀の背中に婆亀状態というカオスが出現」しています。

さすがに、私の祖母が実際に母を背負うことこそありませんでしたが、米寿を越えた祖母が家事全般、すべてを担当するのは、仕方ないとはいえ悲しき逆転現象でありました。

朝、目を覚ました祖母が、布団に入ったままの母を横目に、起きて台所に向かいました。お米を研ぎ、ご飯を炊く間に、味噌汁を作り始めております。ぬか床をかき回して、茄子を取り出した。料理ができたところで母を起こしに行きますが、「いやだ、いやだ」とダダをこねている母を起こすのは一苦労のようであります。

オ〜ッと、無理矢理、布団を剥がした！　それでもまだ寝ていたいと抵抗する母。これが小学生なら微笑ましい光景といえましょうが、齢九〇にならんとする老婆が還暦を過ぎた娘の世話をしているのですからシャレになりません。切ない、哀しいという言葉しか出てまいりません。まだまだカクシャクとしているとはいえ、幸せな人生を願って育てた娘の生き様をずっと見守ってきた祖母の胸中を思うと、孫の私には胸中こみ上げてくるものがあります。

オ〜ッと、時計を見た祖母は、母を叩き起こして薬を突き出した！　そうです。医師から処方された薬を管理するのも祖母の役目。「これを飲ますのがまたタイヘンなのよ」と、祖母はよくこぼしておりました。

オ〜ッと、そんな祖母の苦労をよそに、母の様子がヘンだぞ。もしかしてこれは、失禁の前触れか。慌てる祖母、うろたえる母！　ひとつ屋根の下で毎日繰り広げられる、「老々デスマッチ」。なすすべもなく、ただセコンドで立ちすくんでいた私でありましたが、そろそろタオルを投げ入れる決断の時が迫っているようであります。

◉

退院後の日々

入院後三ケ月が経ち、Ｉ病院を出なければいけない日がやってきた。

いくつかの病院を渡り歩くうちにわかったことだが、日本の病院は基本的にベッドの数が慢性的に足りない。したがって、オフクロのように緊急の措置が必要でない患者は、三ケ月もすると退院を余儀なくされる。たとえ完治していなくても容赦ない。それはいわば不文律なのだ。

退院の日、エレベーターホールにはオフクロの面倒を見てくれたスタッフの方が五人くらい見送りにきてくれた。もちろんオフクロのお気に入りさんも。

オフクロは、家に帰れるという喜びを少しだけ表情に出していた。相変わらず唖のことは気にしているが、少なくともアンパンの時間管理が身についたから、井の頭でも祖母と折り合いをつけてくれるんじゃないか……。淡い期待を抱きながら首都高４号線を下って帰路についた。

Ｉ病院を出て、オフクロは再び井の頭に戻った。相当強引な選択ではあった。今までのように、四六時中祖母に何もかもお願いするのは、祖母の心身を考えると無理がある。

老老介護の現実に戻れば、オフクロの我儘が痴呆によるものなのか、うつ病の一症状なのか、その理由は何の意味も持たない。オフクロのしつこい要求によって祖母が耗弱してしまうことをどう回避するか、それが唯一の課題であった。

祖母の家に帰ってからのオフクロは、当初こそ入院中と同じように、決められた時刻にアンパンを食べるようにしていたが、すぐになし崩しになってしまった。

そうした管理は、時間を見ている人間とそれに合わせてアンパンを病室に運び、しかもオフクロが「もっと……」とゴネても毅然とした態度で突き放せる人間がいるからこそできることだ。私や弟がサポートをしても、結局のところ一日の大半は九〇歳にならんとする祖母が一人でオフクロの面倒をみるわけであり、厳格に管理してくれというのが土台無理な話だった。

唾が気になる、落ち着かない、アンパンを食べたい！　このトリプル攻撃で、祖母はかなり参っていた。祖母の精神が病まないのが、むしろ不思議なくらいだった。

もちろん、休みの日には私や弟が三鷹の家にオフクロを連れて行き、時には一泊するなどしてガス抜きをはかったが、所詮焼け石に水。

ストレスが溜まると、祖母は私に電話をしてきた。

「秀夫ちゃん、おかあさんが言うことをきかなくて困るんだよ。秀夫ちゃんから叱ってやっておくれよ」

電話にオフクロが出てくる。

「オフクロ、おばあちゃんを困らせたらダメだよ。このままじゃ、ばあちゃん参って死んでしまうよ。それでもいいの？」

「困る！　おばあちゃんが死んだら困るよ」

オフクロは、悲壮な声でそう訴えた。

「だったら言うことをききな。アンパンは我慢して散歩に行っておいで」

「わかった」

返事だけは聞き分けのいいオフクロだったが、電話を切ったらまた元の木阿弥になっていることは容易に想像がついた。

そして……。決定的な事態が訪れた。

オフクロが失禁するようになってしまったのだ。

尿失禁……。

感覚がなくなっているわけではないが、尿意を感じてからトイレに着座するまでの間に、間に合わず出てしまうということだったのだろうか。そうでなくて、終わったつもりがまだ終わってなく、キレ悪くジワーッというのなら私と変わらないのだが（汗）。

「キミちゃん、今日オシッコ漏らしちゃったんだよ」

初めのうちは祖母の電話も苦笑交じりであったが、少しずつその回数が増えていった。

私は、スーパーで女性もの下着コーナーをウロウロしながら、パンツを何枚も買ってから井の頭に行ったものだった。オフクロがトイレに行く時には緊張が走る。「大丈夫？　まだだよ、まだだからね」

付き添っていくと概ね大丈夫なのだが、回数が多いのでこちらが気が付かない時もある。

「やっちゃったあ！」という声が聞こえた時には、がっくり肩を落とす。

「キミちゃん、ダメだよ。気をつけなって言ってるだろ！」と祖母は声を荒げる。

下半身だけシャワーを浴びさせて、新しいパンツを穿かせた。その間にびしょ濡れになった洗面所の拭き掃除。

「おかあさんダメだね……。ごめんね、お兄ちゃん」

そう言って涙を流すオフクロを、どうして責められようか。だが、祖母に任せておくのもそろそろ限界だろう。


便失禁！


さらに続けて……。ある日、また祖母から電話があった。

「お兄ちゃん、おかあさんがやっちゃったよぉ！」

「また漏らしちゃったの？　ごめんね、ばあちゃん」

「違うの。今度はウンチを漏らしちゃったんだよ。おばあちゃん、もう嫌だよ」

祖母は電話口で泣き叫んでいた。

便失禁。これは想定していなかった。

「なんで？　オフクロ、いったいどうしちゃったの？」と訊いても、ひたすら泣きそうに「ごめんなさい」と繰り返すオフクロ。

おそらく、薬の副作用で、様々な感覚が鈍っていたことも関係していたのだろう。でも、それ以上オフクロを問い詰めても無駄なのはわかっていた。

残念なことに、便失禁はその後も何度か続いた。ズボンを脱がせた時、パンツがだらんと垂れ下がるくらい大量に溜まった軟便を目の当たりにして、私は言葉を失った。こんな処置を祖母にやらせるのは無理だ。

「秀夫ちゃん、悪いけどおばあちゃんもう無理だよ。このままじゃ参っちゃうよ」

切々と訴える祖母。もちろん、それに反論などできるわけはなかった。

「どこかに入院をさせるしかないだろうね」と、弟はネットを使ってずいぶん調べてくれていたようだ。ただ、メンタル・心療内科があって、なおかつ高齢者を受け入れてくれる病院がそうそうあるわけではなく、しかもそこに空きベッドを見つけるのは至難の業だった。

途方に暮れている時に助け船を出してくれたのが、先日一度退院したI病院だった。外来の時に事情を話して、もう一度どうにかならないかと相談していたのだが、「ベッドに空きが出たので、入院させることが可能です」と連絡をくれたのである。

二〇〇四年の春。I病院は二度目の入院だったし、退院後も外来で診察をしていただいていたから、いろいろと要領は得ていて楽だった。

もちろん、担当のスタッフや看護師さんは違ったけれど、顔なじみの方とすれ違うこともあった。オフクロが好かれていたこともあったのか、「あれっ、松本さん久しぶりですね」と気さくに声をかけてくれもした。そう、オフクロはどこの病院でも概ね看護師やスタッフの皆さんに好かれていた。それはオフクロの無邪気さに起因していたのだと思う。祖母譲りの明るさはもとより、オフクロは人に悪意を抱くということがまずもってなかった。もちろん悪口を言うことはあったけれど、根に持つようなことがなく、それは病気になってからも変わらなかった。大規模なわりにアットホームなI病院の雰囲気は、気分が落ち着いた。問題のアンパン摂取は再び、時間で制限されるようになった。よくできたもので、きっちり管理されると、オフクロもそれに従うのだ。

もうひとつ、失禁対策として尿パッドを使用することになった。オシメのような大きいものではなく、股間部分をピンポイントで（よく見たことはないがたぶん）ナプキンのようなもので覆う。それでもオフクロにはこれが大変な違和感だったようで、「なんだかゴワゴワするなあ。着けなきゃいけないの？」と何度もボヤいていた。しかし、なんと言われようとも仕方ない。失禁による被害を最小限に抑えるためには、オフクロにパッドを受け入れてもらう以外道はなかった。

先生が回診にいらしても、ひたすら「唾が気になります、落ち着かないです、アンパンが食べたいです」の繰り返しだから対処に困っただろう。

オフクロの症状は、ほとんど変わることなく、約束の期間（三ヶ月）が過ぎた。もとより、センターでは初期の前頭葉側頭葉型痴呆症患者として扱われていたわけで、「治す」という発想がない。また、こちらとしても、あくまで祖母の老々介護をストップするためにやむを得ず入院させたのだから症状が良くならなくても仕方ない。

ただ、私はこの時点でもオフクロが痴呆だとはまだ考えていなかった。ワガママは言うけれど、決して支離滅裂なことを言っているわけじゃない。先生や看護師さんの名前もきちんと覚えられたし、「さっきイトコおばちゃんが来てくれたよ」というように、直近の記憶も鮮明だったのだ。失禁にしたって薬の副作用で感覚が鈍っているだけだ、おもらしをしてしまった瞬間をきちんと理解しているし、何より罪の意識に苛まれているじゃないか。

オフクロは長年のストレスで疲れきって倒れてしまったけれど、時間が経過すればいつかまた立ち上がって歩き始めるだろう……。そう信じていた。昔からオフクロが大好きだった中島みゆきの『時代』。オフクロは、その歌詞通りの人生を歩むのだ。

5回裏　傷だらけの人生

さあ、介護実況も中盤戦に入っております。

「古い奴だとお思いでしょうが〜」で始まるのは、鶴田浩二さんの『傷だらけの人生』でありますが、昔も今もこの渡世、真っ暗闇じゃあござんせんか、と言いたくなるのが私の母の人生です。人は誰しもスネに傷持ち、心に傷を負っていると申します。母の場合、忙しい両親に代わって、子供の頃から幼い弟妹の世話をし、親に甘えるということもできませんでした。

時代が悪かった、皆なそういう苦労をして激動の時代を生き抜いたんだという声もありましょう。けれども、母の本当の不運は、幸せになるはずの結婚をしたことで始まったのであります。優しかった夫がいつしか家に寄りつかなくなり、義父母に責められてもじっと耐えるしかありません。

オ〜ッと、ドンドンドンとドアを叩く音がします。お隣さんが回覧板を持ってきてくれたようですが、なぜか母はドアを開けるのをためらっております。扉の向こうにいるのは、夫が作った借金の取り立てではないかと、疑心暗鬼になっているようです。夫の借金、夫の浮気、夫の不在

による寂しさと生活苦……。日々の苦労や重圧が、明るかった母の性格を次第にネガティブな方向へと、ねじ曲げていったのでありましょうか。

ああ、ついに疲れた顔をして座り込んでしまいました。これが球場のグラウンドなら、すぐにトレーナーが駆け寄る場面でありますが、一人寂しくしゃがんだままの母は、痛々しくスネをさすっております。おや、よ〜く見ますと、母のスネは、ほとんど原形をとどめておりません。そうです、愚息である私が無残にも母のスネを囓り尽くしてしまっていたのです。なんということでありましょうか。痛かったでしょう、辛かったでしょう。育ち盛りの息子二人のために、自分のことをすべて後回しにして、仕事に家事に追われていた母なのに、さらにお金を無心し、母に一番大きな負担を強いていた元凶は、かくいう私だったのであります。右を向いても左を向いても、バカと阿呆はこの私でありました。

◉

緊急避難

Ｉ病院では担当医師がオフクロは前頭葉側頭葉型痴呆であろうと診断を下し、家族はうつ病完治の可能性を信じる、という互いにかみ合わない認識ではあったが、とにもかくにもオフクロを祖母から一定期間引き離すための、いわば緊急避難的な入院であった。

緊急避難。振り返れば、私は少年時代オフクロともども、とんでもない緊急避難を経験している。あれはオヤジが電通から独立してまだ何年も経っていない頃、私は小学校四年くらいだったか、オヤジは多忙を極めていたが同時に借金を抱え始めてもいた。

一国一城の主として事業資金が必要だったのか、あるいは交際費だったのか、それとも何かに、誰かにつぎ込んでいたのか、当時の私には知る由もなかったが、オフクロがお金に困っていることだけは薄々わかっていた。

なぜなら、「お金がないから贅沢はできないからね」って言葉が頻繁に聞かれるようになったからだ。そして、いつしかよくわからない電話がかかってくるようになり、オフクロが「私にはわかりませんので……」というような受け答えをしていた。

「お兄ちゃん、○○さんって人だったら誰もいないって言ってね」

と言われたこともある。いま思えば、何か支払いの催促の電話だったのだろう。

当時のオフクロは、茶葉やコーヒーに依存するだけでなく、私との会話でもかなり苛立ちを表に出していた。私がちょっと手こずらすと、「あっ、お母さんなんだか気分が悪くなっちゃった、もうダメかもしれない」と言って卒倒するフリをした。

目の前で親が倒れるというのは、それはもうとんでもなく怖いことだったから、「ごめんよ、悪かったよ、言うことをきくから」と泣きじゃくってオフクロを揺り起こしたことを今でも覚えている。

オヤジは家に帰らず、しかもどこに泊まっているのかわからない。おまけに借金の催促が来るようになったことに加え、祖母からは「邦夫さんが帰ってこないのはあなたにも責任があるんですよ」と叱責されることもあったという。明らかに八つ当たりである。おそらく祖母は酔っていたのだろうが。

そんないくつものストレスがあったからだろう、オフクロの私に対する態度は、子供ながらに「どうしちゃったんだろう」と思うような奇行が多くなった。突拍子もない行動をしたというわけじゃない。ただ、聞き分けのない私を叱責する時の態度がだんだんエキセントリックになって、肩をつかまれたり、鬼の形相で睨まれたりしたことも記憶にしっかりと焼きついてしまっている。すでにこの頃のオフクロは、いわゆる安定剤のようなものも服用しているようだった。

そしてある晩、もうオフクロも私も幼い弟もとうに寝静まった深夜、とんでもないことが起こった。玄関の扉がドンドンと激しく打ち鳴らされ、「松本さん、松本さん」と甲高い声で女性が呼び続けているのだ。深夜一時くらいだっただろうか、その声は明らかに酔っていた。オフクロが扉を開けると、オフクロより少し年上（に見えた）の女性がオフクロに何か言い寄ってきた。覚えているのはその女性がえらい剣幕だったこと、そしてその少し後ろに女性より少し若い気の弱そうな男が漫然と立っていたこと。

二人がつかみ合いを始めるんじゃないかってくらいに距離を詰めてやり合っていたら、声を聞きつけたのか、祖母がやってきて間に入った。

「喜美子さん、ここは私がなんとかするから、あなたは子供たちを連れて○○荘（隣のアパート）に避難しなさい」

いざという時の明治女は本当に強い。余談だが、祖母は八〇歳を過ぎてから誤って炭火の掘り炬燵に転落した時、セーターごと火だるまになりながら自分で119番して「火傷しました。品川区旗の台×××の松本です」と救急車を呼んだことがある。

その際、「火傷したのは誰ですか？」と訊かれ、「私が燃えてます」と答えた祖母のセリフは救急隊員のあいだでも語り草になったという。

その祖母が、酔っ払い女性の両腕を掴んで仁王立ちになっていた。

「さ、行きましょう」その隙にオフクロは弟を背負い、私の手を引いてガレージを抜けて隣りのアパートへたどり着いた。不思議だったのは、逃げ出す私たちをもう一人の男性が相変わらず漫然と見ていたことだ。もう出来上がっていたのだろうか。

「すみません、今日はちょっと泊めていただけないでしょうか。本当に申し訳ありません」と頼み込むオフクロ。大家さんは、隣りで大声が聞こえていたから、ただならぬ事態と察していたのだと思う。畳の部屋にすぐさま二組の布団を敷いてくれた。

その後、女性の声はしなくなったし、パトカーが来る騒ぎにはならなかったと思うから、祖母が交渉して二人を追い返したのだろう。それにしても、あれはいったい何だったのだろうか。いくら訊いてもオフクロは「お金を払ってもらえないお店のママがツケを取りに来たんじゃないの」などと、ごまかしてしまう。真相はもっとドロドロとしたものだったと思うが、想像はまるで働かなかった。

ともあれ、その晩は興奮であまり眠れなかったが、翌朝には家に戻ることができた。

こういう恐怖体験はトラウマになる。今でも寝ている時に、玄関先やベランダの裏で物音がするとドキッとして起きてしまうのはそのせいかもしれない。

しかし、オヤジとオフクロが新婚時代に仮住まいをしたアパートに、こんな形で緊急避難するとは……。当時は近所で井戸端会議の恰好の話題にされていたんだろうなあ。

オフクロの支援体制

現代版の緊急避難を終えたオフクロは、とりあえず祖母のもとへ。でも今度こそすべてを任せるのは到底無理だ。二〇〇四年八月、初めてデイサービスの形で施設でオフクロの面倒をみてもらうことになった。それまで、そういう発想もなかったし、やり方もわからなかったが、例によって弟がいろいろと調べてくれて手続きを進めてくれたのだ。

まず三鷹にある野村訪問看護病院の家崎さんという方がケアマネジャーをしてくださることになった。メガネをかけたショートヘアの家崎さんは、優しさと頼もしさを兼ね備えた人で安心感があった。ただ、恥ずかしながら私はケアマネさんに関する知識がまるでなかったから、最初は「この人がオフクロに何をしてくれるのだろう」と思ったものだ。

だが、時を置かずして、この人の存在なしでは何ひとつ事は進まないのだと知る。

まずは、オフクロの要介護認定の手続き。ほどなく介護老人健康保険施設（通称「老健」）の『J』を紹介していただいた。それは目まぐるしい展開だった。

初めて見学に行った時、白いポロシャツにトレパンあるいはジャージ姿の比較的若い（皆さん二〇代～三〇代に見えた）スタッフの方々が実にきびきびと動いているのが印象的だった。

面接は順調に進んだのだが、難関にぶち当たった。一人のスタッフが何人かの入所者の方を受け持つ状況下で、オフクロに定期的にアンパンを食べさせることは困難だと言われたのである。スタッフの皆さんの動きを見ていれば、そこにイレギュラーなプログラムを組み込むのは確かに無理があるとわかる。ただ、ここでもスーパーウーマン家崎さんが間に入り粘り強く折衝をしてくれて、回数はごく少なくはあったが、アンパンを食べることを例外措置として了承していただいた。これで祖母の負担を少しは減らすことができる。

オフクロは「行かなきゃいけないの？」と出がけには毎回渋っていたが「おばあちゃんが疲れちゃうからね」と言って聞かせた。

I病院に通院して薬をもらいながら、週に何回かのデイサービス通いをして祖母を楽にする。これでしばらく均衡状態が続いた。

私が二泊四日という弾丸ツアーでメジャー取材に行ったのは、この時期の八月三〇日。なんと、火曜日に成田を出発、カナダのトロントでマリナーズのイチロー選手を見て、翌日はニューヨークへ移動。ヤンキースの松井選手に「やあやあやあ」と挨拶をして、金曜日には帰国。その翌日には甲子園に出張という強行軍。ずいぶんと無茶をしたものだ。

ただ、私がそんなやりたい放題をしている間にも、祖母とオフクロの関係は抜き差しならないものになっていた。そもそも、度重なる便失禁を九〇歳前の祖母に始末してもらうということ自体、今考えれば常軌を逸した対応だ。

「おばあちゃん、このままじゃ死んじゃうよ」そんなことを祖母に言わせるまで、家崎さん任せで新たな方策を考えていなかったのは、やっぱり私の怠慢だったのだ。


この頃、知り合いから紹介されたのがK病院。三鷹のオフクロのマンションで暮らすようになっていた自分にとってはクルマで一〇分の好立地。メンタルの治療にも歴史があると聞いたその病院に入院したのは二〇〇六年五月一〇日だった。

思えばもう四年以上にわたって唾のこと、アンパンのことを訴え続けているオフクロ。もっといえば、七年近く心の病と闘い続けたオフクロだが、その期間中癇癪を起こしたり、語気を荒げたり、人を悪し様に言ったりということはただの一度もなかった。前頭葉側頭葉型痴呆といわれても、反社会的行動を取ったこともなかっただけに、私はその病名をどうしても受け容れることができなかった。

過去を振り返ってもオフクロの人生は常に耐え忍ぶ人生だった。子供の頃、実母に厳格に育てられたオフクロは結婚後、今度は義父母にかなりキツいことを言われ続けた。愚痴をこぼしたくてもオヤジは家に帰って来ない。ケツをまくってしまってもおかしくないところだが、オフクロは我々のため、つまり私と弟のためにすべてを我慢してくれたのだ。

「自分が離婚すれば、子供たちが将来の進路で何かしら不利益を被るのではないか」そんな心配が、どんな局面でもオフクロに「隠忍自重」という道を選ばせていた。

母のそうした生き方は、誰に気兼ねをすることもない老後も、病気になってからも、染み付いて変わることがなかったのだと思う。

苦難の日々

私が小学校高学年になると、我が家の家計はいよいよもって逼迫した。オヤジの借金が膨らみ、「家具に赤紙を貼られるかもしれないよ」とオフクロが悲しい顔でつぶやいていたのを思い出す。「赤紙」、「差し押さえ」……。そんな言葉の意味を覚えてしまい、戦々恐々とした日々もあったが、実際にそういうことは起こらなかった。今となれば実家や義父母にまでも泣きついてどうにかしてもらったのだろうと容易に想像がつく。

家がそういう状態だったのに、当時の私はわがままだった。ボウリングゲームが流行った時、八千円ほどしたトミーの『パンチアウトボウリング』を無理やり買ってもらった。

フラッシャーライトと変則ギアのついた自転車がやはり大流行した時、四万円以上する山口ベニー社の『ホームランベニー』を買ってもらった。

「クラスのみんなが持ってるんだよ」私の殺し文句だった。

私の言い分に嘘はなかったが、どんな理由があるにせよ、我が家にそんな余裕などあるはずがなかったのだ。「バカなことを言うんじゃないよ」と一蹴されてもいいような話だが、オフクロは困惑しながらも、最後はどこからかそのお金を捻出してくれた。

自分では大好きなブランド品が買えず、いつもイミテーションで我慢していたのに……。そんな火の車にも関わらず、オフクロは無理をして、本当に頑張って、私と弟を私立の中高に進学させてくれたのだ。これも実家等にだいぶ援助してもらったことは間違いないと思う。そしてそういう状況にありながら普段はめっちゃ明るく振舞っていたところがオフクロの凄いところだ。家に友達を連れてくると「あ〜ら、○○君遊びに来たのぉ。私の歌聴いてくれる〜。〝恋は、や〜さし〜〟」なんて流し目をよこしたりする。もちろん友達の方は顔を赤らめてしまうのだが、オフクロはそれを見てケタケタ笑うのだ。「松本のお母さん面白い」とクラスでも評判だった。中学時代はみんなが夜はラジオを聴くのが当たり前で、むしろ聴いていないと話題に乗り遅れたものだが、どういうわけかオフクロもラジオを聴いていた。おまけに投稿はおろか出演までしてしまうのだ。夕方フォークシンガーのみなみらんぼうさんがディスクジョッキーをやっている番組で、リスナーが番組の留守電にみなみさんへのメッセージを吹き込み、それを番組で紹介するというコーナーがあったのだが、オフクロはなんとそのコーナーの常連になっていた。「みなみさ〜ん、あなた最近ちょーーっとエッチな話題が多いんじゃない？　欲求不満でいらっしゃるのぉ？」と声色を使って言うもんだから、「ちょっときみこさん、面白すぎですよ。お会いしたいなぁ」とみなみさんはバカ受け。でも友人は「お前の母ちゃん大丈夫かよ」と引き気味だった（笑）。

いつしかオフクロは、アルバイトを始めていた。

デパートやスーパーのレジ打ち、衣料品の在庫整理、信託銀行の事務、そしてビルの掃除。オフクロが身を粉にしてビルの床を拭きながら稼いだお金なのに、私はまたしてもひどい無理を言ってオフクロを苦しませた。システムコンポと呼ばれた、いわゆるステレオプレーヤーやらデッキ・イコライザーのセットが流行りまくり、どうしても欲しいとせがんで一七万円もするビクターのどでかいやつを買ってもらった。あれは、オフクロが汗水流して働いた給料の何ケ月分だったのだろうか。

「その代わり勉強するのよ」と言うのがオフクロの口癖だった。

そうやって無茶につぐ無茶を重ねさせてしまったことが、少しずつオフクロのか細い身体と神経にダメージを与えたのだ。オフクロは、大木のようにでんと構えた強さではなく、柳の強さで嵐の中を生き抜いてきた人だと思う。でも私が、オヤジが、ずっとオフクロを苦しめ続けて柳を根こそぎ倒してしまった。

ただ、ひと言付け加えなければならない。弟は私よりずっと堅実で、オフクロの苦労を小さい頃から理解していた。物心ついてからの弟は、すねかじりのバカ兄を苦々しい思いで見ていたに違いない。

トウサンの浮気と倒産

「お父さんには女の人がいるの」

そう面と向かってオフクロから聞かされたのは高校時代だった。

「もうお兄ちゃんは大人だと思うから、ちゃんと話しておくね」

オフクロは涙を流すこともなく、しっかりと事実を話してくれた。

もっとも、そうであろうことはずいぶん前から気が付いていた。夜遅くに帰ってきたオフクロが、子供たちの寝静まった頃合いを見計らってオヤジと口論しているのを何十回と聞いてしまっていたから。それは聞きたくなくても耳に入ってくるもので、耳をふさいでも無駄だったし、かといって子供の私には二人の間に割ってはいる知恵も勇気もなかった。

ただ、時を経るごとにオヤジに対する憎悪だけは増していった。「お父さんが憎い。でも別れないからね。お兄ちゃんとヤッちゃんが社会人になるまではお母さん頑張るから」

その言葉を、いったい何回聞かされただろうか。

最初のうちは、両親が離婚するという想像を拒む自分がいた。それは、自分の姓が変わってしまうのか？　そしたら学校で恥をかくんじゃないのか？　といった紛れもなく自己保身に端を発した感情だった。だからオフクロが「別れないよ」と言ってくれることで心底ホッとしていた。

でもいつしか、それではいけない、オフクロの人生はどうなる？　という気持ちが自然と芽生えた。「オフクロ、本当に辛かったら別れてもいいんだよ」

何回もそんなことを話した。

でも、オフクロの気持ちは揺るがなかったどころか、さらにこんなことまで聞かされた。

「本当にいいんだよ。それにね、お父さんは若い頃遊ばないですぐにお母さんと一緒になったでしょ？　免疫がなかったんだと思う。お父さんは誰に対しても優しくしちゃうから困るね」

なぜあのオヤジに対してそんな寛大な気持ちになれる？

「私にとってお父さんと過ごした青春時代は宝物だから」

過去にずっとこだわっていたって未来は開けないのに……。

「お父さんはいつか帰ってきてくれるとも思ってるの。それに、今でもお母さんはお父さんを愛しているから」

私には、言葉が見つからない。

シャンソンが大好きだったオフクロは、よく越路吹雪の『ラストダンスは私に』を聴いていた。オフクロは、ほとんど絶望しながらも、最後の淵に踏み止まり、青春時代の遠い光芒をよすがに未来を信じていたのだろう。大晦日は毎年紅白歌合戦を見た。オヤジはほとんどいなかったからオフクロと私と弟の三人だ。そしてエンディングで蛍の光が流れるとオフクロはいつも大粒の涙を流していた。よくわからないけど、オフクロを見ていたら自分も泣けてきた。いま察すれば〝今年もいいことはあまりなかったけれど、どうにか1年が終わった。来年こそはいい年になりますように〟……そんな思いが涙となって溢れていたのだろうか。

しかし、運命はオフクロの人生をさらに暗転させる。

オヤジの会社が倒産した。もともとクリエイティブのセンスはあっても金銭感覚はゼロ、ましてや経営なんて分野にはとんと疎い人だったから、経理は信頼できる友人（とオヤジは思っていたのだろう）に任せきりだったのだが、オヤジの言葉を借りるなら、この人物に裏切られた。さらに、さる人物の連帯保証人になっていたことも追い討ちとなった。

「私は騙すより騙される人間でいたい」

そううそぶくオヤジを、私は心底軽蔑していた。

多感な時期に、父親の会社が倒産するという現実は、精神的にかなりしんどかった。もちろん、学校でそんなことが言えるはずもない。

幸いオヤジは知人のK氏に救いの手を差し伸べられ、『Yプロモーション』という会社で、それまで同様イベントプロデュースを中心に仕事を続けていくことができた。息子の私が言うのも面はゆいが、当時のオヤジのクリエーターとしての才能は、放っておかれないくらい輝いていたのだと思う。

ただし、小なりとはいえ経営者として会社を潰してしまった責任は重い。それ以降、我が家の家計はさらに苦しさの度合いを増していった。オフクロが頼りにしたのは、やはり実家だった。祖父の万光商店を手伝うことで（実際どの程度働いていたのかは不明だったが）給料をもらい、また帰りには晩のおかずなどを山ともらってきた。それに加えてパートの収入。当時、私学に通う二人の息子を育てながら、会社を倒産させたオヤジの給料で我が家のバランスシートはいったいどうやって成立していたのだろう？　と今さらながら不思議に思う。ただひとつ言えることは、そんな厳しい状況下にありながら、オフクロは我々二人の前では笑顔を絶やさず、何の不自由をも感じさせることなく育て上げてくれたということだ。

その恩を忘れてこの俺は……。この文章を書きながら、初めてその事を深く考えた。鈍感力極まれりというべきか。

映画好きだったオフクロがよく口にしていたフレーズは、チャップリンの名言「人生は愛と勇気とサムマネー」、それと『風とともに去りぬ』のラストシーン「明日は明日の風が吹く」だ。そういえば、ドリス・デイの『ケセラセラ』も好きだった。

しかし、実際のオフクロは愛にもお金にも恵まれず、いつまで経っても逆風で、「どうにかなる」なんてことは最期までなかった。

そんな何の光も見えないオフクロの生活にあって、私と弟の進学は唯一にして最大の目標であったと思う。パートに精を出しながら、オフクロは苦手な料理も一生懸命作ってくれた。ハンバーグはご馳走だった。一・五センチくらいの厚さがあるから中まで火を通すのに時間がかかり、いつも黒い焦げ目がついてた。ケチャップとソースを混ぜただけのスーパーシンプルデミグラスソース（？）をかけて食べる。みじん切りとまでいかないタマネギの食感が口に残るのだが、これがけっこううまかった。私にとっては、世界のどこを歩いても見つけられない味だと思う。

幸いなことに、私も弟も希望する学校に進むことができた。オフクロは涙を流して喜んでくれた。数少ない親孝行をした瞬間だったかもしれない。

ダメなオヤジとダメなオレ

ただ、大学に入ってからの私の素行はひどかった。授業にはほとんど出席せず、バイトと麻雀とサークル活動（放送研究会）に明け暮れる毎日。ましてや彼女もできたから、勉強なんかしている暇はなかった。

そのうち、酒を飲めるようになると、生活はさらに荒れた。当時は「純」やら「樹氷」やら、マイルドウォッカと称する安くて強い酒をあおっていたから、しょっちゅう悪酔いしていた（悪酔いは今も変わっちゃいないが）。

飲んで吐く、は当たり前。終電を逃して友達に迎えに来てもらったり、山手線で寝過ごして池袋止まりになり、タクシーで帰ってきたり。笑わないでほしいのだが、私は酔って大声を出すとアゴが外れるという悪癖もあった。アゴの外れた酔っ払いが騒いでいる姿なんて、想像するだにおぞましいではないか。

そして、いつもその尻拭いをしてくれたのがオフクロだった。

バイト代はアッという間に飲み代で消えて、オフクロに小遣いをせがむ。

「いい加減にしてよ。これじゃあ私がいくら働いても何にもならないよ」

そりゃそうだ。まったくもってとんでもない話だ。でも私はバカだったから、自分にブレーキをかけられなかった。

いや、正直いえば陽気にバカ騒ぎをしたかったわけじゃなかったのかもしれない。自分の中にある弱さ、自信のなさのようなものが私を酒の海に溺れさせた。

大学に進んだら、周りの皆なは自分より数段しっかりとしているように見えて（実際しっかりしていた）、飲み会などでは真っ先に酔っ払ってしまわないと、いたたまれないような気がしたのだ。この時期に多大な迷惑をかけた人の数は計り知れない。

家から歩いて一分の場所に、普通の民家を改造して作ったスナックがあったのだが、ここには大学四～五年生（！）の頃、幼馴染みのTと二人で入り浸った。しかし、金がないからツケが溜まり、ついにはママが私の家まで取り立てに来た。二十二歳のやることではない。

そんな想像を絶するほどの愚行で私はオフクロに苦労をかけた。その積み重ねがオフクロを病へと一歩一歩追い込んでいたのだ。

大学三年生の時だったか、オヤジと六本木で待ち合わせをして一杯やった。

「いやあ、お兄ちゃんとこんなふうに酒が飲めるなんて、夢にも思わなかったよ」

そりゃそうだろう。オヤジとは何年も口をきいていなかったんだから。私には初めから考えがあった。長年にわたるオヤジの悪行の数々を問い詰めようと思っていたのだ。

「おかあさんには本当に申し訳ないと思ってるよ……」

「そう思うなら、オフクロのところに帰ってきてくれよ」

「うーん、まあいろいろとあってね。それより就職はどう考えてるんだ」

オヤジはのらりくらり、クリンチばかりのボクサーのように私の攻撃をかわしていた。私の怒りは頂点に達し、酒は私の理性を失わせていた。店を出た私は路上で思い切りオヤジを殴った。

オヤジは突然のことに目を丸くしていたが、反撃はしてこなかった。私はその後も殴った。

「殴りたければ殴ればいい」

殴られることがオヤジにとっての免罪符だったのだろうか。口元から血を流しながらオヤジが言ったひと言は今でも忘れられない、死ぬまで忘れないと思う。

「自分がまず幸せにならなければ、人を幸せになんてできないんだよ」

何を偉そうに能書きを言ってるんだ、コイツは！　とまた殴った。殴りながら涙が止まらなかった。その後、また卒業までオヤジとは口をきかなかった。オフクロには「ひどい目に遭ったよ」と電話があったそうだ。もちろん、オフクロにはひどくたしなめられた。

「何があっても殴るなんてことはしちゃいけないでしょ」

「で、お父さんなんて言ってた?」

と訊かれた時には、言葉に詰まってしまった。

「自分がまず幸せにならなければ人を幸せにはできない」、これはどこかの哲学者の言葉なんだろうか。いや、オヤジの勝手な屁理屈だと思う。私はオヤジも参列したオフクロの葬儀で喪主としての挨拶をした。その中で敢えてこう言った。

「オフクロの歩みは常に「自分よりもひとの幸せを選んだ人生」でした」

目を閉じてじっとうなだれていたオヤジの耳に、私の言葉はどう届いたのだろう。死ぬ前にオヤジに確かめたい。ただ、実をいえば私自身が、この身勝手に思えるオヤジの言葉を完全には否定できないと考えるようになってしまっているのだが……。

6回表　虐待を受ける

「ピッチャー投げた！　危ない！　ボールが頭の上を通過しました。オ〜ッと、怒ったバッターがマウンドに突進した！　両軍ベンチからも選手が出てきて乱闘だ！」

最近はあまり見かけなくなりましたが、かつては好プレイ珍プレイの名場面集には欠かせなかった乱闘シーン。現在は、こうしたプレイだけでなく、選手の指導に鉄拳を振るうことも許されなくなりました。まあ、先生にビンタされるのが当たり前だった時代がおかしかったというだけの話なのでありましょう。かつての星野仙一監督のように、選手を伸ばそうと真剣に指導するあまり、時に手が出てしまったという熱血指導型の監督やコーチは、もう活躍する時代ではないのかもしれません。

ことほどさように、暴力という言葉に敏感になり、暴力が許されなくなった現代でありますが、では暴力はなくなったのかといえば、答えはノーであります。目に見えないところでの暴力や陰湿なイジメは、かえって増えてしまったという声もあります。

二〇〇六年、母と私は、とある病院で人間不信になるような体験をいたしました。

オ〜ッと、廊下をヨタヨタと歩くのは私の母ではありませんか。どうやらトイレに向かっているようですが、足腰が弱っているせいか、なかなかスピードが出ません。もたついていると思ったら、腰をモゾモゾとさせはじめた。もしかすると、これは……。ああ、やっぱりそうです。残念ながらトイレに間に合わなかったようです。

バツの悪そうな顔をしていますが、その目をよく見ると、悲しいというよりも怯えております。いったい、何が母を怯えさせているのでありましょうか。

実はこの後、他の施設でも遭遇する羽目になるのですが、介護の現場では表面化しないだけで日常的に繰り広げられているのではないかと疑われる患者を怯えさせる何か。

それは、「虐待」という卑劣な行為でありました。

◉

衝撃的な出来事

通算すると四つ目の入院先であるK病院は、私たちが住んでいたマンションからクルマで一〇分ほどの近距離にあったので、利便性はこの上なかった。正面から見ると建物をいっぱいの緑が囲んでいる。病院はどこでも、できるだけ景観に配慮するのだろうが、メンタル治療をメインにしている病院は特にその傾向が強いようだ。

K病院は伝統のある病院で、建物は歴史の重みを感じさせた。病棟を繋ぐ回廊は屋根付きの歩道で結ばれていたが、雨風の強い日には傘が必要だった。

中央の奥に売店があったけれど、洗練されたコンビニ風ではなく、田舎町のヨロズ屋さんのようだった。オフクロのために必要なミニアンパンは、ここには置いていない。院内も明るい雰囲気とは言えなかった。

私は、最近再開発された後の駅ビルなどにありがちな、全面ガラス張りの建物というのは個性がなくてあまり好きではないのだが、こと病院に関しては「採光」が非常に重要なファクターだと思う。

I病院からオフクロのアンパンの定時摂取に関する医療情報が提供されていたと思うのだが、この病院では定時にアンパンを出してくれるということはなかった。その代わりに地の利を生かして私や弟だけでなく祖母も含めた家族が必ず毎日病院を訪れ、アンパンを食べさせるようにしていた。

この時期にオフクロが書き残した日記を見ると、「お兄ちゃんが来てくれた」、「一緒にカラオケに行った」、「病院の周りを散歩した」といったその日の出来事に加えて「よくなったらお兄ちゃんと一緒に住みたい」って一文がやたらと目立ち、今読むと涙が出る。闘病が始まってはや七年。症状はどんどん悪化しているように思われたが、オフクロは未来への希望をしっかりと抱いていたのだ。

ところで、K病院では衝撃的な事件がいくつもあり、実はそうしたことの方がこの時期の記憶として私の頭に鮮明に焼きついてしまっている。

まず、最初に愕然としたのは、ある日オフクロを見舞った時の病室の匂いだった。この時は個室に入っていたから、その鼻を突く悪臭は間違いなくオフクロに関わるものだった。

臭いの元はすぐに特定できた。部屋の隅に置かれたゴミ箱にビニール袋が入っていて、その中にオフクロが便失禁で汚したパンツが入ったまま放置されていたのである。

スタッフに訊くと、「そうしたものはご家族の方に始末していただく決まりになっています」と言われて思わず耳を疑った。誰がやるということよりも、それを放置することによる衛生上の問題を考えないのだろうか。

さらに、到底信じられないような問題に出くわした。入院後三ケ月ほど経った頃だったと思う。一時帰宅の形で三鷹に一泊させた時にオフクロがこう告白してきたのだ。

「漏らす奴に食う資格はねぇって言われるんだよ。怖いよ」

「ええーっ！　そんな、いくらなんでもそこまでひどい言い方をするわけないでしょう」

病院に戻りたくないから嘘を言っているのかな、と少しだけ疑ったものだ。

「わかったよ、もしそういうことがまたあったら言っておくれよ」となだめ、「怖いよ」と怯えるオフクロをとりあえず病院に戻した。

こういうケースでは、対応が非常に難しい。もしそうした事実がないのにクレームを付けたら、オフクロがその後の入院生活で嫌がらせをされる可能性がある。またイジメがあったのが事実であっても、それを否定されれば証拠がないし、そうなればオフクロが報復を受けるかもしれないのだ。何回かの見舞いを続けているうちにも、オフクロは「また漏らしやがったな、って怒鳴られたよ」と小声で打ち明けてきた。これはいよいよなんとかしなくてはならない。

私は相当悩んでいたが、ある日病室を出て廊下を歩いている時に、オフクロの証言を決定付けるようなシーンに出くわした。車椅子乗った老婆に対して、髪型をリーゼントにした男性看護師が「おら、ばばあ！　風呂はそっちじゃねえって言ってるだろ」と怒鳴りつけ、なんと私の目の前で車椅子の車輪を蹴ったのだ。ネームプレートには「M」と書かれている。私はきびすを返して病室に戻り、オフクロに尋ねた。

「怖いことを言ってくる看護師はMって男だね？」

オフクロが大きく頷いた。

「でも黙っててね、喋ったってバレたらひどい目に遭うから」

わかったよ、わかったよ、きっちりと次の行き先を決めてから、退院するときに言うべきことを言おう。しかし、なんてひどい病院にオフクロを任せてしまったのだろう。それも五ケ月だ。すぐにでも退院させたかったが、今のオフクロを受け入れてくれる病院を探すのは容易ではなかった。緊急を要する症状ではなかったし、アンパンを食べさせるという難問付き。そして、なによりベッドの空きを見つけるのが容易でないのだ。

同居を決心する

次第に私のなかで、ある決心が芽生え、それは日を追うごとに強くなっていった。
「このままでは、どこの病院にいてもオフクロを治すことなんてできない。オフクロを回復させる可能性がもしあるとすれば、もう私自身がオフクロと三鷹のマンションに同居し、私自身がオフクロの面倒をみて、私自身の力でオフクロを治してやることだ」

不幸にして、私の妻の母も体調を悪くしていて、やはり介護を必要としていた。つまり、我々夫婦はお互いの母親を助けることを最優先に、自然な流れで完全な別居をすることになった。そんなわけで、決して理想的とはいえないながら、家庭面での問題はすんなりとクリアした。あとは会社に理解を求めるだけ。少し出張の回数を減らしてもらったり、出勤をフレキシブルにしてもらったり。当時、特別に配慮をしてくださった上司の方々をはじめ、少なからず私のしわ寄せを受けることになっても「頑張れよ」と言ってくれた同僚の皆さんに心底感謝している。

「オフクロ、もう入院はしなくていいよ。これからは三鷹に二人で一緒に住んで、一日でも早く元気になろう！」

「本当にそうしてくれるの？　ありがとう、お兄ちゃんありがとう」

この時のオフクロの言葉と表情は忘れられない。泣き顔と笑顔がごっちゃになっていた。「本当だよ、もう心配はいらない」私は力強くそう言った。あとは薬を誰に処方してもらうか。思いついたのは、会社で長年主治医をやっているN先生。投薬を少しでも減らして人間の自然治癒力に頼ろうという考えで、非常に評判のいい先生だ。

思い切って、「オフクロと同居して面倒をみようと思うのですが」と相談したところ、「それは素晴らしい」と、両手をあげて賛成してくださった。N先生が院長を務めるL病院に入院施設はないので、私がオフクロを外来で連れてきて診ていただき、薬を処方してもらう。こうして、私自身が介護の主体となる体制がスタートすることになった。

今後の介護体制の準備がすべて整ったところで、私はK病院にオフクロを退院させる旨を申し出た。そして退院当日、荷物をまとめ、会計を済ませ、あとは病院を出るだけという状況にしてから婦長さんを呼んでもらった。

「話がありますので、お時間をいただけますか？」我々は小さな会議室に通された。

「入院中、オフクロに対して明らかな暴言を吐いた看護師がいます。漏らしたら飯は抜きだからな、と言われました。名前はMという男性看護師です。彼は通路で私が見ている目の前で、車椅子に乗った老婆を罵り、車椅子を蹴りました。メンタルの治療を目的とした病院の看護師として、このような言動は許されるのですか？　あんな暴力団まがいの言葉で恫喝されたら、精神的に参ってしまうに決まっている。倫理上の問題を超えて、車椅子を蹴るというのは完全な犯罪行為だと思いますが！」私は思いの丈をぶちまけた。

年配のふくよかな婦長さんは、ひたすら平身低頭。「すみませんでした。監督不行き届きでした」と謝り続けていた。

Mを呼んでもらうことも考えたが、オフクロの精神状態を乱したくなかったのでやめた。

「お兄ちゃん、ありがとうね」

帰り際、オフクロにそう言われて、熱いものがこみ上げてきた。ちっともありがとうじゃないよ。こんなひどいところに五ケ月も入れてしまって悪かったよ。これからは三鷹の家で、元気になるように二人で頑張ろう。

病院の駐車場までオフクロの手を引く私は、必ず治してみせるという決意に燃えていた。

6回裏　親子水入らずの同居生活

さあ、介護実況もそろそろ中盤から終盤へというころ。厚労省が「痴呆」に代わる用語に関する検討会を設け、その結果二〇〇四年の十二月二十四日から行政用語が「認知症」に改められました。ただし、認知症という言葉が定着するのは、もう少し先のこと。実際の介護の現場ではまだまだ痴呆という昭和な用語が一般的でした。

昭和の時代、よく見かけたのが銭湯の前に佇んでいる若い男性です。

あっ、あの銭湯の前にも、せっかくお風呂で温まった身体をすっかり冷え切らせた男が凍えながら立ち尽くしています。オ〜ッと、女湯から出てきたのは、男物のトレーナーを着た髪の長い女性じゃありませんか。「待った?」と声をかけておりますが、おそらくその長い髪を洗って乾かすのに時間がかかったのでありましょう。男性は「遅い!」と抗議すると思いきや、「全然!俺も今出たとこ」なんて答えております。するとどうでしょう、「うそばっかり、こんなに身体が冷えてるもん」と言いながら女性が男性と腕を組んで歩き始めました。きっと一緒に暮らしている三畳ひと間のアパートに帰るのでありましょう、羨ましくて、悔しくて、私が手にしている風呂桶の石けんがカタカタと揺れております。

異性と暮らすことを「同棲」といいます。初めてその言葉のなんともいえない甘い響きに触れたのは、「同棲時代」という大信田礼子さんの歌と、映画「同棲時代」の主演女優由美かおるのヌードポスターでした。まだヌードに免疫のない小学生にとって、由美さんのポスターは衝撃的でありました。

男なら誰もが一度は憧れる同棲。学生時代は、地方から上京した友達の中に、彼女と一緒に暮らすような奴もいて羨ましく思ったものですが、自宅通いの身には高嶺の花。まして我が家では、家を出ていった父が母ではない誰かと暮らしていることを思うと、「同棲」という言葉は少なくとも母の前では禁句でした。

さて、後ろめたくもどこか淫靡な「同棲」と較べると、同じく異性との二人暮らしなのに、母と暮らす「同居」にはなにやら哀しい響きがあるものです。ずっと共に暮らしているのなら、抵抗も少ないでしょう。けれど、一度家を出てしまった息子が、再び母と暮らすのはそれなりに大変なのだろうという予感がありました。

ところが、他に選択肢がない中やむを得ず始めた同居生活でしたが、いざ始めてみると、もっと早く一緒に暮らせばよかったと思うほど、お互い違和感なく新しい生活を受け容れることができました。それどころか、母が家で待っているということが、私にとっては生活改善にもつながりました。毎晩のように誰かを誘って夜の街へ繰り出していたのをスッパリと止め、仕事を終えると反省会もそこそこにして会社を後にするようになりました。

有楽町の駅まで早足で歩き、電車に飛び乗り自宅へと急ぎます。駅前のスーパーで明日の朝食用のおかずを買い込みます。玄関のドアを開けると、いつも部屋に灯りがついているというのも、最初のうちは新鮮な驚きでした。そして部屋から聞こえる「おかえり〜」という言葉の温かさ。子供の頃に戻ったんじゃないか、と錯覚するような安堵感を覚えたのも事実でした。親不孝な人生を歩んできた私の、せめてもの罪滅ぼしでもあったオフクロとの同居生活でしたが、もしかすると癒やされていたのは私だったのかもしれません。

しかし、無理を重ねた生活というのは、どこかごまかしている生活でもあります。私と母の一見順調そうなイミテーション生活は、長くは持たないのでありました……。

◉

同居スタート

オフクロとの二人暮らしが始まったのは、二〇〇六年の十一月一日。今日から生活を始めるという日、ケアマネージャーとしてお世話になった家崎さんが立ち会ってくださった。

マンションの玄関の前で「松本さん、よかったね」そう言って涙を流してくれた家崎さん。オフクロも泣いていた。私もそれを見て泣いた。それは、疲れ切って倒れてしまったオフクロが再び歩き始めるための第一歩を記した記念の儀式のようであった。

今後は、私が三鷹にオフクロと寝泊まりをして、朝ご飯を作り、出社前に訪問介護のヘルパーさんと交代、デイサービスなども利用しながら、私が帰宅したらまた面倒をみるというのが基本パターンとなる。これまでと違った想像もつかない生活だった。

まずは夜の話から書いてみよう。当時の私は、月曜から金曜日まで夕方五時半~夜八時の間、『ショウアップナイターネクスト』というオフのワイド番組を、先輩の石川みゆきアナウンサーとともに担当していた。

番組が終了するやいなや、慌ただしく会社を飛び出す。どんなに急いでも家に着くのは九時半前後だ。訪問介護のヘルパーさんについては後ほど詳しく書くが、基本的には八時に鍵を扉のポストに落として帰ることになっていた。

その頃の私は本当に品行方正（?）だった。この酒飲みが極力飲むのを控えていたのである。家に帰ったら、後は就寝前の薬を飲むだけなのだが、精神的にゆとりがあれば少しでもオフクロとのコミュニケーションをとろうと心がけた。そうした積み重ねが、オフクロの回復に繋がる可能性がないとはいえない。それに、あまり早く寝かすと翌朝早起きされて困るのは私の方なので、少なくとも一〇時過ぎくらいまでは起きていてもらいたかったのだ。

オフクロは、よくトランプをやりたがった。それも「ババ抜き」だ。二人でやったって面白いもんじゃないけれど、配られたカードから同じ数字の組み合わせを選ぶという作業が、オフクロに適度の集中力を持たせたようだ。残り札が三枚くらいになって、ババを引いてしまうとオフクロは少しだけ笑って、丹念にシャッフルをしていた。

「はい、おかあさんの勝ちだよ」

当たり札を少し取りやすくしてあげると、きっちりそれを引いてくれたから勝敗の管理は楽だった。多い時は五回戦くらいやって時間をつぶした。他にはビーチボール投げ。空気を入れて膨らます直径二五センチほどのボールを、股ぐらから両手で相手に向けて投げる。要はキャッチボールだ。これをやっている時のオフクロは、白い歯をこぼすくらい嬉しそうに熱中していた。一〇〇回以上は当たり前で、汗をかくくらい夢中になっていた。ヘルパーさんの日記には、「キャッチボール五〇〇回」と書かれていた日もあった。今にして思えばこうして身体を動かして、気持ちの疲れとのバランスをとってやることが、オフクロを助け出すチャンスだったのかもしれないが、当時の私は、二〇〇回もやると疲れてしまった。

その後、「やれやれ……」という感じでオフクロに薬を飲んでもらう。たくさん遊んだつもりでも、時間は三〇分くらいしか経っていなかった。とても根気があるとは言えなかったが、一方でこの時間の私はお腹もすいていたのだ。

夕食はコンビニやスーパーで買った弁当を食べるか、近くの中華屋で済ませることがほとんどだった（商店街には飲食店が少なく、その時間に食べられる店は他になかったのだ）。家で食べる時は、テレビを見ながら缶ビールを一、二本、中華屋でも生ビール一、二杯で終わっていたが、それは私にとって至福の時間だった。ラーメン屋のオヤジとは親しくなり、話をするようになったが、ひょんなきっかけで政治の話を力説するようになったので喋りにくくなってしまった。
「あんた、どう思うね？」って言われてもね（汗）。そうそう、「ヒデちゃん大変だね」そう言って一度家で作った筑前煮を持ってきてくれたみゆきさん、感謝してます。

本当に認知症なのか？

ところで、一緒に暮らしていく上でどうしても確認しておきたいことがあった。オフクロは本当に認知症なのか？　その疑問に対して、実に嬉しい答えを出してくれたのがN先生。都内にあるL病院に、オフクロを最初に連れて行ったのは二人暮らしを始める直前だった。

ソファに座ってゆったりと順番を待つ。大病院と違ってアットホームな雰囲気はやはり心を和ませてくれる。先生は優しく語りかけるように、いろいろと質問をなさった。

「ちょっと落ち着かないです、死にたくなることがあります」

初めて「死にたい」と聞いた時には心臓が飛び出すほどビックリしたのに、その頃は「そういうことを言うもんじゃないよ」と、受け流していた。慣れとは恐ろしいものだ。

具体的に何が辛いかと言われると、相変わらず「唾が気になります」の一点張り。

「ワッハッハ。唾は松本さんの年齢になれば普通は出にくくなるものだから、たくさん出るならむしろいいことですよ」

先生は意に介さない様子だった。オフクロは、ちょっと困った顔をしていた。

「それから、アンパンを異常に欲しがるんですよ」と、私が先生に訴えた。

「ハッハハ。食欲があるならいいことだ。糖尿じゃないんだし、食べればいいじゃない」

先生は、あくまでもおおらかだった。アンパンに関しては、「いや先生、欲しいがままに食べさせたら大変なことに……」と思ったが、それよりもこのなんともいえぬ安心感が大切なのかもしれない。

それから、いつものようにオフクロとの質疑応答。例によってほとんどの質問に淀みなく答えた。この部分に関してしては、発病以来何ひとつ衰えがないのだ。

「うーん……。率直に言えば、松本さんは痴呆ではないでしょう」

「えっ！　やっぱりそうなんですか？」こみ上げるほど嬉しい瞬間だった。

そうでしょ、そうなんですよ。先生にはおわかりいただけるんですね！　と小躍りしたい気分だった。

「認識力は非常にしっかりしていらっしゃる。ただうつ状態にあることは間違いないですね。唾のことはちょっとよくわからないけれど、死にたいというのは困りますねぇ。うつと不安神経症が合わさった状況かな。あと血圧の上が一〇〇に届いていないのは低過ぎる。松本さん、たくさん食べてもっと元気にならないと」

なんだか一気に光が差し込んできた！

後日、血液検査の結果をみて身体にはどこも異常がないということが改めて確認された。「薬の量がとても多いですね。これだと副作用もかなり出ていると思う。量を減らしたり、外せるものは外していきましょう」

N先生の所見は希望に満ちていた。二人暮らしのスタートは順風満帆。もしかしたら、オフクロを治せるかもしれない！

N先生のアドバイスを受けて、同居当初の生活ではオフクロの認識レベルをアップすることに腐心していた。百人一首を覚えさせたり、昔好きだったという『ローマの休日』のDVDを見せたり。百人一首は驚くほどのスピードで覚え、カルタ取りはヘルパーさん顔負けのレベルになっていた。その一方で、DVDをおとなしく見ているのは苦痛だったようで三〇分と耐えられない。ただ自分で絵を描いたり、塗り絵をやったりという作業には、一定時間集中できたし、写実能力もなかなかのものがあったのだ。こうした特徴を系統立てて考えれば、オフクロをいい方向に導くヒントがあったのかもしれない。

能力日記帳なる教材も積極的に使ってみた。日記を書かせれば、日付は元号からスラスラと書ける。カラオケに行った後は、歌った曲を全部覚えている。家事の感覚を取り戻させる意味でチャーハンを一緒に作ったりもした。そして、なんと「化粧をしたい」と言い出したのは二〇〇六年の年末のことだった。これ以上ない前向きなシグナルだが、私には手伝いようがなかったので、ヘルパーさんにアドバイスしてくれるようにお願いした。

さらに新兵器投入。家のテレビに繋げるマイクロフォン型の簡易カラオケセットを購入したのだ。『僕の胸でおやすみ』、『サボテンの花』、『大きな古時計』、『ふるさと』などが歌えたが、大好きだった『サントワマミー』は、残念ながらキーが合わなかった。これはイケると思った新兵器だったが、使い方が複雑だった上にオフクロの反応はイマイチで、やがてホコリをかぶることになってしまった。

あくる二〇〇七年二月十八日に、N先生が日記帳やドリルをチェックする。「やっぱりお母さんが認知症とは思えませんね」と言っていただいた。本当に嬉しい診断だった。ただ、この正体不明の病気の迷路はどうやったら抜け出せるのか。その答えがどうしても見つからない。焦らずに、時間をかけて……。そう自分に言い聞かせて介護を続ける。

オフクロと私の朝

朝のちょっと間抜けなひとコマ。深夜は、トイレに起きてくることはあっても基本的におとなしく休んでいた当時のオフクロ。ただ、八時前くらいからトイレが頻繁になり、やや落ち着きがなくなる。私に声をかけることはないけれど、寝室の扉が開いて、私の頭上一メートルくらいのフローリングをペタペタと歩き、しかも洗面所の扉をガチャッと開け、さらにジャーッと水が流れるのだから目が覚めないはずはない。でも、起きたとバレたら話しかけられてしまうから、ジーッと動かないようにしていた。

九時前になると、いよいよ我慢ができなくなり、寝室から「お兄ちゃ〜ん、まだ寝るの？」と声がかかる。「うーん……。もう少し寝ようか」。

私はだいたい深夜一時〜二時に寝ていた。最近は五時間も眠れば充分だが、当時はまだ八時間以上寝ていたかった。本当はもう少しどころか、あと一時間くらいは眠っていたい。「あと五分で起きようよ」とオフクロ。「じゃあ、あと一〇分だけ！」と私。なんだか競りのような駆け引きがしばらく続いて、仕方なく私が布団から這い出る。

一日の始まりだ。

オフクロの歯磨き、私の歯磨き。時間はいつも重なっていたが、オフクロはものの一〇秒くらいしかブラッシングしなかったからすすぎはオフクロが先だった（やがてオフクロは虫歯に悩まされた。やっぱり歯はじっくりと磨くべきなのだ）。

続いて、私が朝食を作る。ご飯を炊くのは面倒だったから、毎日パン食だった。それに野菜炒め。キャベツ、ピーマン、人参、ベーコンに塩胡椒を振って、フライパンで炒めるだけ。それから生卵を湯飲み茶碗に入れてレンジでチン。こうすると、即席ボイルドエッグの出来上がりだが、何回か卵が破裂してすごい音がした。そのため、ある時からサランラップをかけて穴を開けるようにしたら、爆発しても飛び散らなくなった。まことに、必要は発明の母である（笑）。それからプラスチックカップにペットボトルの『午後の紅茶』を入れてチンする（これはオフクロが自分でやっていた）。

ことほどさように、絵に描いたような手抜き料理だったけれど、オフクロはなぜかいつも「なかなかのもんです」と言ってくれた。あれは誰かの物真似だったのか。

さて、食べ終わると二人とも必ず催すわけであり、朝食後はトイレの奪い合いになるのだ。おまけに二人とも一回では済まない。小分けなのである。「最初硬めで中はパッパ、赤子泣いても扉開けるな」なんてバカを言っている余裕はなかった。回を重ねるごとに緩くなり、最後にドバッと出る。そこまでの間、お互いに「早くしてよ!」の連発だ。しかし、オフクロには殺し文句があった。「漏れちゃうよ~」

「わかった、わかった! ちょっと待ってね、今すぐ出るから」

冗談じゃない、朝から漏らされたらたまらないよ。こういうのを出るものも出なくなるというのだろうか。しかし逆のケースもあった。オフクロがきばっているうちに、私の方が我慢できなくなるのだ。

「オフクロ~。漏れちゃうよ~」と言うわけにはいかないし、ましてや私が部屋を汚すことはできない。本当にお恥ずかしい話だが、一度だけベランダにバケツを持ち出して、いたしたことがある。究極の選択だった。それでオフクロが「いやだ、お兄ちゃん何やってるの?」と馬鹿笑いしてくれれば救われる話だったのだが……。具体的過ぎて、もしも食事しながら読まれている方がいらしたらスミマセン。

休日の過ごし方

私か弟が休みの時には、なるべく二人のうちどちらかが面倒を見るように心がけた。そこまでヘルパーさんを頼んでしまうと、経済的にはとてももたない。ただし、オフクロと丸一日過ごすとなれば外出しなければ、今度はとてもじゃないが時間がもたない。弟と一緒の時は、吉祥寺の東急デパート四階にある『クローバー』という喫茶店で、ショートケーキを食べて帰ってくるというコースが多かったようだ。私はというと、クルマで二〇分ほどのカラオケルームによく連れて行った。シャンソンが好きだったオフクロの十八番は『サントワマミー』と『愛の賛歌』。私が学生時代だった頃のオフクロは、越路吹雪さんのように上手く歌いたいと歌の教室に通っていたが、家の台所ではファルセットボイスで、明らかにおちゃらけて「♪命燃やすカタコイヨー」と、サビの部分で訳の分からぬ歌詞を歌いながら、ひとりでゲラゲラ笑っていた。『ろくでなし』も、「ろくで～なし～、しちでなし～、はちで～なし～♪」とダジャレにしてしまうんだから、本当にシャンソン好きなのかよ、と言いたくなる。

しかし、今のオフクロの歌にはなんの感情も感じられない。『サントワマミー』ってこんな内容だったのか……。元気のない、抑揚のない、すっかり枯れてしまった歌声を聞きながらも、テロップの歌詞を目で追って読んでいると悲しくなった。

毎回まるで元気のない歌声ではあったが、二〇〇六年十二月一〇日には、採点機能付きのカラオケで『上を向いて歩こう』を歌って八九点を叩き出しているから音感はまだあったのだろう。

『時は流れて』、『さくらんぼの実る頃』……。オフクロの歌うシャンソンは、全部自分の人生をそのまま歌詞にしたような歌ばかりだった。まさか、学生時代からこんな人生を予感して好きになったわけではあるまいに……。

二〇〇七年六月二九日には、吉祥寺の『ラ・ベル・エポック』というシャンソン専門のライブハウスに連れて行った。

この日、嵯峨美子さんがゲストに入っていた。オフクロが九〇年代前半、『銀巴里』のリサイタルに行ったのがきっかけで、何度も何度もステージに足を運び、親しくさせていただくようになったシャンソン歌手の方だ。オフクロが声をかけたのだろうか。いつの頃からか手紙のやりとりもさせていただいていた。

「北風にプラタナスの葉が舞うようになりました……」なんて、それこそシャンソン風の書き出しを考えては、「どうかしら」などと私に訊いてきた記憶がある。下書きを何回もしてから、そんな文章をパリの郊外が描かれた絵葉書にしたためていた。そして返事をいただいた時には、子供のように無邪気に喜んでいた。その嵯峨さんが、定期的に吉祥寺でライブをやっていることを弟がネットで調べてくれたのだ。返す返すもデキた弟である。この日はずいぶん久しぶりの再会だったようで、嵯峨さんは非常にびっくりされていた。そして見るからに表情を失ってしまったオフクロを見て「早く元気を取り戻して……」と涙を流していらした。この晩は、わずか四曲しかない自分のコーナーでなんと三曲もリクエストに応えてくださった。オフクロはずっと泣いていたと思う。私もこらえきれなかった。

『ベル・エポック』には、その後も私や弟が何度となくオフクロを連れて行った。いつも唾ばかり気にしてまるで集中力のないオフクロが、不思議とここに来るとすっかり落ち着いてステージに集中していた。ちなみに『ベル・エポック』とは、フランス語で「良き時代」の意味。オフクロにとって数少ない「良き時代」を思い起こさせてくれた店だが、残念ながら二〇〇九年一〇月に閉店してしまい、その後は離れた場所にまでライブに行くことが難しくなった。嵯峨さんとも疎遠になってしまったが、オフクロの葬儀にはご多忙の中、足を運んでくださったことに、この場を借りて改めて感謝を申し上げます。

カラオケでは、シャンソンだけでなく、『ラブミーテンダー』や『プリテンド』といった洋楽も、たどたどしい発音ながら英語で歌っていたオフクロ。やっぱり、オヤジとともにハイカラな青春時代を過ごしたのだ。ただし三〇分も歌うと疲れてしまうようで、「もう帰ろうか」と言い出す。「じゃあ俺が歌おうか」と時間を引き延ばす。三人で行った時には、よく弟が「サラリーマンは〜気楽な稼業ときたもんだ！」などとおどけた物真似をしていたが、オフクロは「ンフフフ……。面白いねぇ」とお愛想程度に笑うくらいだった。

どうやったらオフクロの錆び付いた歯車は動き出すんだよ！　弟にとっても私にとっても、それはあまりにも難解な課題だった。

カラオケは、どう粘っても一時間が限界。「疲れちゃったから帰ろう」となる。「やれやれ。ばあちゃんのところにでも行こうか」時間を見ればまだ昼前、一日をどう持たせるか、切実な問題だった。

日常の流れ

当時の平均的な一日の流れを振り返ってみる。おおまかにいうと、昼前までは私が介護を担当した。朝ご飯を食べてトイレ戦争が終わると、私がシャワーを浴びる。その間は一人で散歩に行かせた。チョコマカとした歩き方ではあったが、転ぶようなことはなかったし、身体を動かすことが回復への基本とも思われたから。ただ散歩とはいっても、せいぜい交差点を曲がってすぐまたUターンしてくる、往復一〇分もかからないものだった。私自身が付き添ってもう少し長く、コンビニやスーパーまで歩くこともあったが、なるべく並んで歩かずに、一人で歩けるようにすることを考えた。いま思えば、共に歩き、会話をしてやることがオフクロのうなだれた気持ちをもたげさせる方法としては適切だったように思う。それなのに私は、「さあ歩いて、歩いて！止まってたら置いて行っちゃうよ」と、オフクロの尻を叩いてばかりいた。明らかに間違ったやり方だった。

十一時には、ヘルパーさんがやってきてスイッチ。昼ご飯は私がコンビニで三色サンドイッチ（ツナ、ポテトサラダ、タマゴ）や焼売、ミートボールなどのレトルト食品を買っておき、ヘルパーさんに渡すということが多かった。これまたいま思えばもっといい物を食べさせてやるべきだった。絶対にそうだった。

午後三時くらいからは、週に三回くらいの割合で『M倶楽部』というデイサービス施設で過ごした。ここはオフクロのお気に入りの施設だった。一般家庭のリビングルームで、ごく少人数制。ほぼマンツーマンで対応してもらえるのだ。塗り絵を描く時も声がけをしてくれるし、よくトランプで遊んでもらえる。近くに『N』という、これまた高齢者向けの簡易喫茶室があり、そこに散歩に行くこともあった。夕方、ヘルパーさんが迎えに来て、家でご飯（シチュー、カレー、オムライスなど）を作ってくれるケースと、『M倶楽部』でご飯をいただいて帰るケースがあった。夜はヘルパーさんや『M倶楽部』のスタッフの方が気を利かせて、私の出ているラジオを聴かせてくれたこともあるようだ。野球中継ならまだしも、ワイド番組は下ネタも多かったから「聴いてましたよ」と言われるとホント恥ずかしかった。

昼間のヘルパーさんの動きは、それこそ八面六臂だった。昼ご飯の準備、散歩、トランプ、ビーチボール投げ、買い物、塗り絵。その間に掃除もしてもらったし、洗濯もやってくださった。本当はオフクロの衣類しか洗わなくていいはずなのに、私の分までなし崩し的にお願いしていた。半分は私も介護してもらっていたようなもんだ。延べ二〇人以上のヘルパーさんの世話になったけれど、皆さん掛け値なし、人間的に素晴らしい方ばかりだった。「落ち着かないよ」、「助けて」、「どうにかなっちゃう」、「アンパンが食べたい」等々。オフクロは、それこそ一日中同じことばかり繰り返していたから、それに付き合うには相当な忍耐力が必要だったと思う。もちろん、失禁の後始末もあったし、シャワーも浴びさせてもらった。『M倶楽部』では、特例であろう、髪まで染めていただいた。そして、おそらく皆さんは常に笑顔で接してくださったのだろう。「優しい人ばかりだよ」オフクロにそう聞かされるたびに、心中で頭を下げていた。私はその半分すら、オフクロに笑顔で接することができなかったのだ。

オフクロが行きたがらなかったのは『○○園』を筆頭とする、大人数制のデイサービス施設だった。ちょっとした学校のように大きく、初めて行った時は私がついていったのだが、教室のような集会室の扉を開けたら尻込みしてしまった。「おかあさん、なんか嫌だなあ」

スタッフは何人かに一人くらいの割合しかいなかったから、あきらかに放っておかれる時間が長いのだ。「明日は○○園だっけ?」と訊かれた時に、うっかりそうだよと答えると「行きたくないよぉ」を連発され辟易としてしまうので、申し訳ないけど、違うよって嘘をつくことを覚えた。

そして翌日に「ごめん、やっぱり○○園だったよ」って、ずいぶんひどいやり方をしていたものだ。「○○園」のマイクロバスは朝、玄関まで迎えに来た。嫌がるオフクロを無理やりバスに押し込めるのが可哀相で、少し時間を遅らせてやることもあった。「なんかトイレとか行きたそうなので、私が後で連れて行きます。無駄足になっちゃってすみません」と迎えの方に謝り、申し訳ないけれど帰っていただく。

「オフクロ、今日の○○園は、もう少し後からでいいから。その代わりちょっとだけ我慢してね」、「わかったよ、ありがとう。ちょっとでいいんだね」

思えば私も小学校時代は「今日調子悪いから休みたいよ」なんてオフクロを困らせたことがある。これはその恩返しなのだ(笑)。

一時は『○○園』に代わる施設を探そうと二ケ所ほど見学に行ったこともあるのだが、それはオフクロにとって、さらなるプレッシャーになった。結局のところ、「○○園で我慢するよ」ってことになった。オフクロもギリギリのところで、いろいろと考えていたのだろう。

いずれにしても、皆さんが途切れることなくタスキをつなぎ、連絡ノートで連絡事項を引き継いでくださったから、本当に不都合はなかった。そして、この支援ローテーションというパズルを、なるべく予算をオーバーし過ぎないように絶妙にアレンジしてくれたのがケアマネの家崎さん。最初の半年間、我々親子の船出をしっかりサポートしてくださったことに深く感謝です。

オフクロと「食」

オフクロの「食べている」姿が、ちっとも楽しそうに見えなくなってしまったのはいつからだっただろうか。アンパンをしきりに欲しがったけれど、本当に好きで食べていたのではない気がする。ちなみに、管理のしやすさから、ヘルパーさんが来るようになってからはアンパンをビスケットにチェンジしたが何の問題もなく、今度は「ビスケットちょうだい」と訴えるようになっていた。ビスケットは大型安売り店で箱入りのやつを弟が大量購入した。とめどなく欲しがるのもさることながら、もうひとつ、食べ方自体にも大問題があった。「頬張ってはいけないよ」と始終注意してやらなければ、すぐにいっぺんに食べてしまうのだ。味わうというよりは丸ごと放り込んでしまうのだ。やはり、本当に食べたかったのではない、依存症だったのだ。一度、そんなに食べたかったら気がすむまで食べればいいよと言ってみたら、ビスケットを十七枚も食べて「これ以上食べたらお腹を壊しちゃうね」と言いながら、苦しそうな顔をしつつ、まだ食べようとしていた。私はどうしたらいいのか皆目わからなかった。ビスケットは二時間おきを一応のルールにしてあったが、ヘルパーさんがオフクロのおねだりに根負けしてしまうことも頻繁だった。

ただし、依存症とは別に、嫌いなものははっきりしていた。というか、オフクロは昔から偏食だった。ショートケーキは若い頃から大好物。おそらく、オヤジとの青春時代の甘い思い出が詰まっているんだろう。前にも書いたが、東急デパートの四階にある喫茶店『クローバー』のショートケーキがとりわけ大好物だった。三鷹東急ストアの隣りのパン屋&喫茶店『ラ・クルシェット』には、ヘルパーさんが昼間によく連れて行ってくださった。ここでは、週に二〜三回、必ずコロッケパンとココアを頼んで長居していた。おまけに唾を気にしたり、歩き方も手を引かれてチョコマカしていたから、店の人に名前と顔をすっかり覚えてられ、ずいぶん便宜をはかっていただいた。その後『ラ・クルシェット』は閉店し、現在『クラウンベーカリー』として営業されている。

オフクロはお腹が弱く、しかも胆嚢を取ってしまったにも関わらず、揚げ物が大好きで、三鷹の駅裏にあった店（名前は忘れた）のヒレカツサンドに目がなかった。ここはご夫婦で営まれてる小さな店で、テイクアウトの他わずかにイートインスペースもあったと思う。注文してから揚げてくれるので時間がかかったが、その間におかみさんがずいぶんとオフクロを気遣ってくれた。「カツ食べて早く元気になってくださいね」。いい店だったけれどやがて閉めてしまった。カツが好きな一方で、鶏肉はなぜか若い頃から苦手だった。「あの、皮に付いたイボイボがダメなの」とよく話していたものだ。まあ、わからないでもない。あと、魚屋の娘のくせに焼き魚がダメだった。骨を取るのが嫌だったようだ。って、それただのワガママじゃん！

一度だけ三鷹駅近くの回転寿司に連れて行って大失敗したことがある。カウンター越しに、知らないお客さんが目を丸くして私たち二人の方を見ていた。ふと、オフクロを見たら玉子を口いっぱいに頬張っている。えっ、いつの間に？　しかも皿がないじゃないか！

「ま、まさか」と見ると、二メートルくらい先のベルトコンベアの上を、玉子が一個しか乗ってない皿（通常一皿には二個乗っている）が回っていた。私がダッシュして皿を回収したことは言うまでもない。

マラソン

オフクロの介護と時をほぼ同じくして始めたのがマラソン。というのも、二〇〇七年の第一回東京マラソンに出ることになったからだ。決まったのは二〇〇六年十二月二〇日。

ニッポン放送は東京マラソンの中継局であり、誰かが走る必要があったのだ。そして、なぜか私に白羽の矢が立ったのだ。そのことを知って、『ショウアップナイター』解説者の田尾安志さんは、「松ちゃんの体型ならイケルと思うでぇ」と背中を押してくれた。

今でこそ、七時間という制限時間なら、脚の痛みさえ我慢すればたいがいの人は完走できる（毎回完走率は九〇パーセント以上）ということがわかり、かなり敷居は低くなったが、当時は相当無謀な挑戦と思われていた。私自身、それまで走ったことなんてまるでなかったし、準備期間が短かったこともあり、「三〇キロ走れれば立派」と言われ、ネットには「マラソンをなめるな」といった辛辣な書き込みもあった。それでもやろうと私が思ったのには、二つ理由があった。

「運動神経はまるでないけれど、走るのにはあまり関係ないだろう」と考えたのがひとつ。

もうひとつは、「オフクロの闘病もまたマラソンみたいなものかな」と思い、自分も一緒に持久戦を戦うことで、いわば願を掛けるというような気持ちがあったからだ。

練習は、もっぱらニッポン放送近くの皇居周りでやっていたが、毎日筋肉痛で足を引きずって帰ってきたりしたから、オフクロもただならぬ気配を感じていたと思う。

「マラソンなんて大丈夫？」と心配してくれていた。

「オレも頑張るからオフクロも頑張りなよ」そんな言葉になんの意味があったのかわからないが、とにかくその時は異様なまでに燃えていた。

「絶対に完走する！」を目標に五キロ、一〇キロ、十五キロと練習距離を伸ばし、二〇〇七年一月のサンスポ千葉マリンマラソンハーフに出場。スッタモンダはあったがどうにか完走。その後も連日走り続けた。今思えば、当日はそれまでの練習で走り疲れ、脚がバリバリに張った状態で本番に臨んだのだから無茶をしたものだ。でも、その時の私は気持ちが極端に張り詰めていたし、練習をしていないと不安だったのだ。それになんといってもまだ若かった（四五歳）。

ともあれ併走してくれた田尾さんのおかげもあり、五時間二十二分でどうにか走りきった。ゴールイン直後にニッポン放送の競馬中継枠の中でリポートをしたが、思わず「オフクロ、一歩一歩やっていけばどうにかなるからね」と呼び掛けてしまった。アナウンサーたるものとして電波を私物化したことは大反省。でも、「オフクロが泣いて喜んでる。おめでとう、って」と弟からメールが来た時には私も泣いた。そうだよ、オフクロ。コツコツやっていけばどんなことでも成し遂げられる。「なせばなる」ってさんざん教えてくれたのはオフクロじゃないか！

仕事と介護を両立させることの難しさ

野球に関わる仕事をしながらこの生活をすることには、一つの難題があった。オフシーズンは夜九時前には番組が定時で終了するが、ナイターが始まると時間が読めなくなるのだ。もし四時間ゲームになれば終了は一〇時、帰宅できるのは例えばハマスタの試合なら十一時を大きく回ってしまう。かといって、何時になるかわからないのにヘルパーさんにお願いすることは不可能。この生活を続けるためには「夜、一人で待っていてもらう」ことが必要だった。そして、最終的にオフクロが良くなるということは、再び自立した生活が送れるようになることに他ならない。実際オフクロは、ナイターシーズンにはかなり遅くまで一人で待っていた。

ただ、一人でオフクロが自主的に何かをする、例えば「よし塗り絵をやろう」と色鉛筆を取り出すということはなかったから、これは酷な試練だった。うまく眠れるときはよかったが、そうでなければオフクロにできることはただ一つ。私に電話をかける、かけまくるしかないのだ。せめて、ラジオを聴いて私が実況やリポートをしていることをわかってくれればよかったが、基本的にオフクロは早く寝たいと考えていたから、一人の時間にラジオを聴こうとはしない。そのため、どうかすると実況中に電話がくることもあった。仕方ないので、私は七〇秒のコマーシャルゾーンで携帯からかけ直す。「実況が終わったらすぐに帰るからね」、オフクロも頭ではわかっていたと思う。でも、我慢できないのだ。「またかけちゃったあ」、そう反省しつつ、十五分後にはもうポケットで携帯のバイブレーションが響いていた。オフクロと私の我慢比べだった。ただ、毎日これではオフクロが可哀想なので、週に一、二回は井の頭の祖母の家に夜だけ泊まらせてもらうこともあった。夜八時過ぎ、ヘルパーさんにタクシーを呼んでもらい、オフクロにお金を持たせて、ヘルパーさんが運転士さんに祖母の住所を告げる。オフクロは祖母とともに休み、翌朝私が迎えに行く。二〇〇七年シーズンは、こんな形で乗り切った。

オフクロを球場に連れていったこともある。といっても、ナイターを見せたわけじゃない。読売ランドジャイアンツ球場で巨人の練習を取材する時に、ドライブがてらオフクロも連れて行ったのだ。まさか一緒にグラウンドに降りるわけにはいかないから、取材の間はスタンドに座って待ってもらった。「お待たせ！」というわけで、昼食は二人並んでオフクロの好物のカツサンドを食べる。スタジアムからグラウンドを見下ろしながら、「気持ちがいいねぇ」とサンドイッチを頬張るオフクロ。こんな時の笑顔は本当に穏やかだった。古くから知っている巨人の後藤孝志コーチは、一度「お世話になってます」とわざわざ声をかけてくれた。こんな機会をもっともっと作ってやるべきだったのだ。

束の間の潤い

どうしても殺伐とした空気になりがちなマンションの部屋に、彩りを与えていたのはベランダの花々だ。地植えではなくプランターがメインだったが、ベランダとその向こうにあるごく小さな庭を使った植物栽培でオフクロの心に潤いを与え、また自分自身を癒そうとしたのだ。

二〇〇七年の初頭、施設でもらってきたのか部屋に沈丁花が花瓶に活けてあった。沈丁花は芳醇な香りで人気があるが、花を落としたあとは新芽がどんどん出てくる。これを鉢に挿し木して適当に水をやっていたら、うまく根付いた。この沈丁花がただ一度四年後に初めて花を付けたときは本当に嬉しかった。他にもゴールドマリー、朝顔、ヒマワリ、グラジオラスなどを植えてベランダは華やいだ。弟がオフクロの誕生日プレゼントに持ってきた寄せ鉢に入っていたアイビーの弦も、挿し木にしたらどんどん育っていった。ただ、残念ながらオフクロが好きだったカスミソウはどうしても花をつけてくれなかった。時々、オフクロに水遣りを手伝ってもらうと「綺麗だねぇ。これはなんていう花?」と穏やかに話していたから、オフクロも少しは気に入ってくれていたと思う。

はたまた、これは私の趣味で、部屋には幾つかの水槽を並べた。金魚に始まり、なんと釣ってきたテナガエビにハゼまで。ハゼには常に新鮮な海水を足してやる必要があったが、わざわざ釣りの帰りにペットボトルで海水を持ち帰っていたのだからご苦労なこった。でも、私は中高で生物部魚班(!)に所属していたくらいの観賞魚マニアなので、水槽の彼らを見るのはなによりのストレス発散だったのだ。オフクロはテナガエビをなぜか気に入っていた。「エビちゃん可愛いねぇ」と言いながら自分で粉末の餌をやっていたが、時として「エビ食べていい?」と冗談か本気か、恐ろしいことを言ってきた。

ゼニガメ(クサガメの子ども)は本当に可愛かったが、徐々に弱ってしまい、二〇〇八年の北京オリンピックの取材で出張中に死んでしまった。ゼニガメの成長には、太陽の光が欠かせない。日当たりのまるでない部屋で飼うことに無理があった。そしてオフクロの病にも日当たりの悪さは多少なりとも関係していたと思うのだ。

二〇一〇年の春に、阿佐ヶ谷の釣り堀から持ち帰った三センチほどのチビ金魚三尾のうち一尾は、いまだに生きていてもう一〇センチほどに育った。コイツがもし喋れたら、「オイオイ、オフクロさんにもっと優しくしろよ」と何度も言ってきたに違いない。この金魚が我が家の修羅場のすべてを目に焼き付けている唯一の生き証人かもしれない。

7回表　破たんの予感

介護実況もいよいよ後半戦。競馬でいえば、第三コーナーに差し掛かろうかというところでしょうか。母の体力、そして私のスタミナも心配になってくる頃です。こういう時に羨ましく思うのが力が有り余っている若武者たち。プロ野球でいえば、二刀流の大谷選手がその筆頭でしょうか。

「さあマウンド上のファイターズ、エース大谷翔平、振りかぶって投げました！　ストライク！　速い！　また一六三キロが出ました！」

二〇一六年のプロ野球セ・パ交流戦。日本ハム対阪神戦に先発した大谷投手は、七回までに八三振を奪い、三安打無失点で勝ち投手になりました。この日投げた全一〇七球のうち、半分以上の五八球がストレートで、一六〇キロ超えは三十一球。日本最速タイの一六三キロを五球も投じてファンの度肝を抜きました。

大谷投手は別格としても、プロ野球で速球派と呼ばれる投手が一五〇キロ台を投げるのは当たり前。ですが、球が速いだけではプロのバッターを打ち取るのは困難です。速さに慣れてしまえば、たとえ大谷投手が一七〇キロを投げても打たれてしまう（たぶん）のがプロの凄さです。プロは、フォークやカーブ、スライダーなどの変化球を織り交ぜることで、バッターの間合いやタイミングを外すことができるのです。

母との共同生活でもタイミングや緩急をつけることの大切さを学びました。こちらがグイグイと一本槍に押しても、母は乗ってきません。気がつけば私がフォアボールの連発で自滅するだけ。そこで今日は調子がよさそうだなという時には、「洗濯物、畳んでおいてもらえるかな」とこちらから仕事を与えることもありました。母自身も、なんとかしたい！という気持ちがあったのでしょう。自分から進んで家事をすることもありました。そして母がそろそろ飽きてきたなという頃を見計らって、違う話題を振って気分を変えさせるテクニックも初めのうちは有効な策でした。

けれど、私の攻めがワンパターンだったのでしょうか、私の投げる球筋を見抜いてきたのか、次第に緩急作戦にもあまり乗ってこなくなってきました。こうなると、母と私の心理戦です。

「さあ解説の江本さん、バッテリー、次はどう攻めるのでしょうか」、「次はカーブしかないですよ。内角にカーブ放ったらバッター手も足も出ませんよ」なんてバッテリーと打者の心の駆け引きを、解説者がズバッと言い当てるのは、ナイター中継の醍醐味の一つです。解説者の次の一球が当たるのは、もちろんまぐれなんかではありません。選手時代の経験や、その日の投手やバッターの調子、性格、個性などを見抜いた上での予測です。

母との暮らしに一番足りなかったのは、母の心を読むという技術だったのかも知れません。思いつくままにこうしてあげよう、これをさせてみようと行動していましたが、果たして本当に母が望んでいたのか、今となっては疑問だらけです。

独りよがりの介護は、やがて母を疲れさせ、私自身も疲弊させていきました。

そして気がつけば、ストレートもダメ、変化球もダメ、投げる球がすべて思わぬ方に外れてしまっていたのです。

「解説の江本さん、ゲームは進んでラッキーセブン。ここまでまったく打つ手なしの松本ヒデオですが、どう攻めればいいでしょうか」

「全然あきませんね、アンラッキーセブンでしょう。半ベソかいてますもん、ここは交代しかないでしょう」という声が聞こえてきそうですが、実際、心の中では「もう無理かも」という負け犬根性が芽生え始めていました。そしてセーターの糸がほつれていくように、私の心の中から大事な何かがほつれ始め、次第にそのスピードが早まっていったのです。

◉

改善する兆候の後に

「お母さんわがままだよね」

「どうしようもないお母さんでごめんね」

二〇〇七年の春先から、オフクロはしきりに自分を責めるようになった。聞いている私たちは忍びなかったけれど、N先生の見解は前向きだった。「自責の念があるということは、それだけいろいろ考えているということ。いい兆候ととらえることもできる」

洗濯物をたたむ、食器洗い、簡単な掃除……。自立に向けて、家事の手伝いも積極的にやってもらった。実際、この時期のオフクロは、泥沼から這い上がるべく、足を一歩踏み出していたのかもしれない。

この年の五月には、N先生から「もうできないことはないんだから何でもどんどんやりなさい。あとは自信を取り戻すことだから」とお墨付きもいただいていた。

また、この時期にケアマネが家崎さんから原田さんにバトンタッチ。原田さんは、笑顔の絶えない明るい女性で、オフクロとはすぐに意気投合した。メールの文末に必ず「夜猫にゃんにゃん」と添えるというお茶目な一面もお持ちだが、オフクロにも私にも是々非々で何でもハッキリとおっしゃってくれたので頼もしかった。我が家を取り巻く「原田校長」といった立ち位置で、オフクロと私を支えてくれた方である。

そんな原田さんやヘルパーの皆さんに背中を押していただいたこともあり、オフクロが少しずついろいろなことができるようになっていく様子は、私に希望を持たせてくれた。日常の会話に少し厚みが出てきたのもこの頃。

「いいです、いいです、イーデスハンソン」と小松（政夫）の親分風？のギャグを飛ばしたかと思えば、「お兄ちゃん、バイアグラって知ってる？」」、寝静まる直前に突然そう言って驚かせる。私がたじろいでいると、ウヒャウヒャと声に出して笑っていた。誰に吹き込まれたのか、あるいはテレビで見たのかわからないが、こんなに笑ったオフクロは久々に見た。良くなる兆しは、そこかしこに見えていたのだ。

ただ、もう一歩が踏み出せない。気力がそれ以上ついてこない、自分から何かをやろうと思ってくれないのだ。誰かに言われないと何もしない、できない。それでは最終のゴールである「自立」は見えてこない。

夏場にかけては、せっかくの散歩を嫌がるようになってきてしまった。「歩くことはすごく大切ですよ」とN先生に言われていただけに、こちらとしては歯がゆい。

嫌がる理由はいくつかあった。ひとつは、外反母趾がひどくなっていて歩くと痛かったのだ。吉祥寺の東急デパートで外反母趾用の靴を買って対応をしたら具合がよかったようで、この靴をその後ずっと履いていた。もうひとつ。歩幅がどんどん狭くなってしまい、スピードが落ちた。薬の副作用によるパーキンソン症状に加え、オフクロは身体が硬く、股関節の稼働域がどんどん狭くなっていったのだ（この硬さは私にも遺伝している）。

やがて、大通りの横断歩道を青信号の間に渡りきることができなくなった。家から歩いて一〇分弱のデイサービスには、ヘルパーさんと歩いて行くようにさせていたが、こうした症状の進行にともない、コミュニティーバスを使わざるを得なくなってしまった。

さらに追い打ちをかけるように、二〇〇七年の夏以降、祖母が少しずつ弱り始めていた。

祖母の衰え

祖母は、九一歳になるまで歯はすべて自前。メガネもかけたことのない、大正生まれのスーパーばあちゃんだったが、急に足腰に自信がなくなったと言い出した。転ばないように杖を使いなよ、といくら言っても「そんなの嫌だよ」と言って取り合わない。それでも月に一度は、そろりそろりと歩いて吉祥寺から品川区中延まで電車を乗り継ぎ、大好きな小唄の練習にずっと行き続けていたが、いよいよ足元が覚束なくなり、行く勇気がないと言い出した。

趣味の小唄に行かなくては張り合いがなくなるからと励ましたが、億劫だという。二〇〇六年十一月一日に、一度祖母を乗せてオフクロと三人、クルマで中延まで行った。いつも笑ってばかりで豪快だった祖母は、笑うと垂れ目の目尻がいっそう下がった。一度笑い出すと止まらず、腹を抱えて笑う。垂れ目と笑い上戸はオフクロに遺伝し、さらに垂れ目だけは私と弟にも遺伝した。そんな底抜けに明るいはずの二人が、ともに押し黙って助手席と後部座席にしかめっ面で座っている。「トイレ行きたくなっちゃった」と叫ぶオフクロを、祖母がすかさずたしなめる。

「ダメだよ、こんなところでそんなワガママを言っちゃ」

「いいんだよ、おばあちゃん。コンビニに寄るからちょっと待っててね」私が間を取り持つ。

「おかあさん、ごめんなさい……」オフクロが神妙な顔になる。いくつになっても、親子の力関係は変わらないようだ。

私としても祖母が一気に元気をなくしてしまったのはショックだったし、オフクロの面倒を看てもらえなくなるのは正直痛手だった。オフクロと二人でいて時間を持て余した時は、なんだかんだで弟も私も明るい祖母のもとに漂着していたのだ。

「今日は、京金《きょうきん》さんで出前のお蕎麦でも取ろうか」と祖母。蕎麦は親子三代、大好物なのだ。裏口のピンポンが鳴る。岡持ちを持ったおじさんが器を置いてくれるのだが、この人がいつも笑顔で、やたらと早口で「はいどうも、はいどうも」を連発していた。オフクロがそれを真似する。「はいどうも、はいどうも」、祖母がゲラゲラと大笑いする。「キミちゃん、ダメだよ。聞こえちゃうよ」

そんな団欒の光景がつい先日までよくみられたのに、今は祖母まで笑顔を失ってしまったことが悲しかった。

祖母は、二〇〇七年の七月に検査のため一時入院、一週間ほどで退院した。その年の九月には、再びクルマで小唄教室に連れて行ったが、その後は「足元が不安だから、もう行くのは無理だよ」と自分で決めつけてしまった。

祖母の衰えは、オフクロにとって私以上にショックだったと思う。厳し過ぎるところもあったが、いずれにしてもオフクロの七〇年間の生き様を見守り続けたのは祖母だったから。オフクロが借金苦の中で、私たちの生活を守るために無心したことは何回もあったと思うし、一人暮らしを始めてからもご飯を作るのが面倒くさいといってはしょっちゅう井の頭へ行っていた。駆け込み寺は常に井の頭の祖母のもとだったのだ。それだけに、一番の支えであった祖母が元気を失くしてしまったのをオフクロは悲しんでいたと思う。祖母に「元気を出してよ」と促すまでの力はなかったけれど、「おばあちゃん心配だねぇ」と井の頭の帰り際にはいつも言っていた。オフクロにとって、オヤジがいつまでも思い出の中で遠くに輝き続ける星のような存在だったとすれば、祖母は毎日自分を当たり前のように照らしてくれる太陽だった。その太陽が西の空に沈みかけていた。

一方、私は東京マラソンを完走したくらいだから当時は健脚で、酒も控えていたから体調がすこぶるよかった。朝食の前に、家から早稲田大学の東伏見グラウンドまで走って帰ってくる往復五キロのジョギングを、雨の日以外ほぼ毎日続けていた。おかげで体重がどんどん減ったから、周りの人はみんな小声で「あいつはガンだろう」と噂していたようだ。実際は元気なことこの上なく、健康診断の数値も劇的に良くなっていたのだ。

余談ながら、当時楽天の監督だった野村克也さんだけは、私の顔を見るなり、「どうした、痩せたな。ガンか?」とストレートに訊いてこられた。

「監督、もし私がそうですよって答えたら、どうおっしゃるんですか?」って聞き返すと、苦笑いしていた。ある意味、表裏のない人なのだろう（笑）。

二〇〇八年の後半には、三鷹のジムにも通っていた。朝行くこともあれば、なんと帰宅後オフクロを寝かせてから行くこともあった。筋トレ、バイクに水泳（クロール五〇〇メートルがマックス）まで、精力的に体を鍛えていた。当時は、「五〇歳でトライアスロン出場」という突拍子もない目標を大真面目に立てていたのだ。ちなみに、「水泳の達人、T局の大先輩Mアナウンサーから〝クロールは腕で泳ぎなさい〟とアドバイスをいただいた」なんて話まで日記には書いてある。

トライアスロンという目標はあまりに荒唐無稽だったけれど、身体を動かすことで心身の健康が維持され、それがオフクロに優しくしてやれる活力を生み出していたのは間違いない。この頃は寝る前にマッサージもよくしてやったと思う。首筋から肩にかけてだいぶ硬くなってるな。こういうところをほぐしてやれば、頭にも血が巡りやすくなるかな。そして頭部。特にオデコの上から頭の前半分くらいを丹念に押した。全然非科学的だけど、「前頭葉さん頼むよ」って願いをこめて。

「気持ちがいいねぇ」、オフクロはこの頭部マッサージが好きだった。オデコとツムジのちょうど中間くらいに位置する凹みは「百会《ひゃくえ》」と呼ばれるツボで、気持ちを鎮める効果があるということはずっと後になってからわかった。

便失禁の問題

便失禁は、やはり介護における最難関だった。近くのスーパーへ買い物に行こうとして、その途中で催してしまう。もちろん、ダッシュで家に戻るけど、アウトのことも多かった。もっと困ったのが、クルマでの移動中だ。たとえば、東中野のN先生の外来の時。首都高四号線には永福町パーキングエリアにトイレがあるが、そこまで持つかどうか肝を冷やしたことが何回もある。「困っちゃったあ、おトイレ行きたくなっちゃったあ」、有無を言わせぬオフクロの宣言。「ちょ、ちょっと待っててね。急ぐから我慢してね（汗）」

こんな時に限って、四号線が渋滞していたりする。もう生きた心地がしないのだ。「あと五分で着くから。あと三分だよ！」と、意味のないことと思いながら、時間はいつもサバを読んでいた。永福町パーキングエリアのトイレは、エレベーターで地下に行く。もちろん男女別々だから、私がついて行くわけにはいかない。ここで待っているから、ちゃんとやってくるんだよ。あとは外で待つしかない。いつだったか、オフクロがいつまで経っても帰ってこないことがあり、やむを得ず掃除のおばちゃんに事情を話し、中を見てきてもらった。オフクロはズボンを穿くのに苦戦していたようだが、やがて涼しい顔をして出てきた。「息子さんが外でお待ちですよ」と声が聞こえた時にはホッとした。最近はだいぶ増えてきたけれど、高齢化社会では介護用男女共用トイレの拡充が不可欠ではないだろうか。

一般道を運転している時は、コンビニのトイレを借りることになる。ここ数年、トイレ使用のハードルは一気に低くなった気がするが、あの頃はまだ頼むのに気が引けた。。一度、トイレを借りたはいいけれど、中から「お兄ちゃん、やっちゃったあ」と聞こえてきて、思わずめまいがしそうになった。

「す、すみません！　オフクロが失敗してしまいました。ちょっと中で履き替えさせてください」と謝り、ウェットティッシュを買って、中で応急処置をした。人のいい店員さんで助かった。

N先生の医院に着いた途端にトイレ、というのもよくあることだった。一度入ると、なかなか出てこない。診察の順番待ちで名前を呼ばれた時には、こちらが焦ってしまう。次の人も待っているわけだから。

「ごめんなさい。おかあさんダメだねぇ、迷惑ばかりかけて本当にごめんなさい」

失禁した時のオフクロは、依然として明確に罪の意識を持っていたから叱るのは忍びなかった。そして、失禁は服薬にも関わっている問題だったから、なおのこと責めるのは可哀想なのだ。何種類もの薬を飲んでいるオフクロにとって、一番体によくないのは便通が滞ることだった。ゆえにN医院でも最初は下剤を処方されていたのだが、そうすると下痢がひどくなり失禁をしやすくなる。そこで、今度は正露丸やワカマツ錠を飲んで便を硬くする方向に持っていくが、これを続けるとまた便秘になる。前にも書いたが、我が家の家系はみんな胃腸が弱い。オフクロもお腹が繊細だったから、薬に対する反応が敏感過ぎたのだろう。ヘルパーさんに残した連絡帳の要望欄は、「正露丸を夜一錠お願いします」、「今日は下剤を飲ませてください」と目まぐるしく変わっていた。後始末をする方も大変だったが、身体が言うことを聞かず、しかも迷惑をかけている自覚がはっきりとあったオフクロの苦悩は想像を絶する。やがて、下着を布パンツから紙パンツに変えざるをえなくなった。オフクロは不本意だっただろう。私たちも不本意だった。

当時の日記から

二〇〇八年～二〇〇九年にかけて、当時の自分の日記を読み返すと、時系列で自分が少しずつ変化して行く様子がわかる。

二〇〇八年十一月十七日、熱海の部旅行でゴルフ。スコア一三八で回って、同じ組の田尾さんに迷惑をかけた。

二〇〇九年二月五日、ランニング中に町工場の庭先でメジロを見つけた。

二〇〇九年二月一〇日、ランニング中に武蔵関公園でカメラマンに話しかける。渡り鳥のジョウビタキを待っているとのこと。

運動をして、大好きな自然に目をやることで心のバランスを保っていたことが伺える。

しかも、この年の三月には実況アナとしての半生を振り返る自伝『実況できなかったスゴイ話』を上梓しているのだから、この頃は心身ともにまだ余裕があった。

一方で、徐々に身辺が荒れてきたことも見て取れる。

二〇〇八年三月、ほつれたブレザーのボタンを、当時『ショウアップナイターＧＯ！ＧＯ！』

のパートナーだった新保アナウンサーに直してもらった。

二〇〇八年四月一〇日、失くしたと思っていた野球の資料ノートが、部屋の荷物の山から出てきた。

部屋の掃除は、ヘルパーさんがマメにしてくださったからずいぶん清潔に保たれていたが、資料や新聞はどんどん山積みになっていった。そもそもがズボラな性格なので、オフクロの面倒を見ながら身の回りのことをきちんとするなんて無理に決まっていたのだ。

こんな風に、オフクロと私の生活は、互いにストレスを感じながらも危ういバランスの上に外見上平穏を保っていたが、三年目を迎えたあたりから、ごくごく小さな部分からほころび始めていた。

二〇〇九年五月二五日、ヤクルト対ソフトバンク戦の実況で、川島亮と川島慶三（当時は共にヤクルト）を混同、さらに川崎宗則（当時ソフトバンク）とも言い間違える。ひどい実況をしてしまった。

二〇〇九年六月一日、バルコニーの工事の音がうるさい。

少しずつイライラが募っていたんだと思う。かと思えば、

二〇〇九年六月二五日、人間ドックを受けた夜、友人たちと隅田川でシーバス釣り。下剤の影響でトイレに何度も駆け込み、釣りにならず。

何をやっているんだか（笑）。ちなみに、このドックで測った時の体重は五二キロ。これは入

社した時と同じ数値で、ウエストはなんと六六センチ。走って痩せたのか、やつれたのか微妙なところだ。ひとつ言えるのは、精神的に追い込まれていた自分から目をそらすため、何事にもストイックに、エキセントリックになっていたのがこの時期だと思う。

二〇〇九年七月一〇日、阪神対巨人戦実況のため大阪へ。車中で資料整理をしようと思ったのに、ペンを忘れた。人のいい車掌さんにペンを借りるも、返すのを忘れた。

ひどい話だ（汗）。そして後日、この実況を聴いていた師匠の深沢大先輩に「あんまりノっていなかったんじゃないか？　あれでは人の心を動かせないぞ」と指摘されている。やっぱりギリギリの精神状態だったのかもしれない。

二〇〇九年月七月二十二日、四八歳の誕生日。0時の時報とともに発泡酒の缶を開けた。

オフクロは静かに休んでくれていたが、残念ながら翌朝おめでとう！　とは言ってもらえなかった。

増える奇行

二〇〇九年に入ってから、周りにストレスを与えるオフクロのある行動が目立ち始めた。プラスチックの食器（主に飲用カップ）を、テーブルにゴンゴンと音を立てて置く癖がついてしまったのである。それはいつどんな場所でも同じで、公共の場ではそのやかましい音で周りの人たちに迷惑をかけたのみならず、中に『午後の紅茶』が入っている時などは当然こぼれてしまった。

「オフクロ、トントンやらないで。食器はゆっくり置くんだよ」と諭したが、まるで効果がない。置く前に勢いをつけるため、コップをいったん振り上げる、その瞬間に「ゆ・っ・く・り・ね！」と言って聞かせた。こうなると、食べているあいだ中、オフクロの一挙手一投足を監視していなければならない。

なぜそんなことをするようになったかはわからないが、その行動自体がもう行動のリズムに組み込まれてしまっていたようだから厄介だった。リズムという意味では、これまたいつの間にか、座っている時に意味もなく指パッチンをするようになった。別に楽しんでやっているわけじゃない。迷惑をかけるものではなかったが、行動は理解できなかった。それと、これまた意味もなく自分の頭を叩くクセ。あるヘルパーさんからは「チック症」の一種ではないかと言われたことがあるが、いずれにしても治すことはできなかった。

その他、舌禍と言ってしまってはオフクロに可哀相なのだが、ところかまわず「ケッ」と言い放つ癖もついてしまった。もちろん悪意など毛頭ないのだが、ケアをしてくれている人からすればバカにされているようで不愉快なことこの上なかっただろう。

「お兄ちゃん、苦しいよ、助けて」

「落ち着かないよ、どうしよう」

「おかあさん、もう死にたいよ」

「迷惑ばかりかけてごめんね」

そしてこの時期も普段のオフクロは苦悶の表情を浮かべながら、苦しい胸の内をさかんに吐露していた。それを薬で緩和することはできても、外科手術のように取り除いてやることはどうしてもできない。オフクロの心中を察するに、燃えたぎるマグマを爆発によって噴出することができず、様々な、人から見れば異常と見える行動をとることで、少しでもガス抜きしていたのかもしれない。

しかし、時を経て、その行動はさらに尖鋭化（？）していった。なんと食器や食べ物を投げつけるようになったのだ。箸を投げる、ロールパンの食べかけを投げる。今ならわかるが、オフクロはやり場のない辛さと自分への怒りを物にぶつけるしかできなかったのだろう。

「食べ物を粗末にしたらダメだって言ってるだろう！」と、思わずきつい言い方をしてしまうが、オフクロがいちばん苦しいのだ。そう思えば叱ったり、怒鳴ったり、ましてや手を上げるという選択肢は絶対になかったはずだ。しかし、当時の私は、オフクロに、普通のオフクロに戻ってほしかった。だから普通でないことをするオフクロを許せなかった。

最近になって気がついたことだが、オフクロはコーヒーをぶちまけたりすることは一度もなかった。ロールパンなら投げたって実害は何もない。思うに、オフクロはやっぱりちゃんとしていたんだろう。その上で精一杯のＳＯＳ信号を発していたのだ。結局のところ、私はオフクロのすぐ近くにいながら心にまで寄り添うことができなかった。

二〇一〇年を迎えると、オフクロの異常行動はさらに激しくなり、自分の頭だけでなく、ヘルパーさんや私の腕にもピシャリとやるようになってしまった。もちろん、本気で叩かれることはないが、それは私たちを苛立たせた。もっとも、オフクロにしても、いっこうに良くならない自分へのイライラがあったのは間違いない。「キェーッ」と、時に奇声を発することさえあった。ずっと一緒にいることの限界が近づいてきている。

「ショートステイを定期的に入れて、秀夫さんもストレスを溜めないようにした方がいいと思います」そう勧めてくれたのは、ケアマネの原田さんだった。ありがたい提案だった。

この年の七月二十一日を皮切りに、毎月一回、一週間ほどを目処に『P園』という施設にオフクロを泊まらせることになった。私にとってはまさにガス抜きだったが、オフクロはすごくこれを嫌がった。「P園行きたくないなあ」、「行かなきゃダメ?」

気持ちは理解できる。でも、行ってもらわなきゃ困るんだよ。こういう状況になってくると、どちらも満足するなんて方法はあり得ないのだ。

壊れていく私

そうこうするうち、二〇一〇年の秋くらいから、今度は元来ひ弱な性格の私自身が、ガタガタと音を立てて一気に崩れだした。酒量がどんどん増えていったのである。三鷹に帰るのが、その分遅くなったということだ。仕事の変化としては、毎年シーズンオフにやっていたワイド番組がなくなり、週一回、プロ野球の「語り」でおなじみのタレント山田雅人さんのお相手をさせていただく、土曜夜の「ショウアップナイターレジェンド」だけになった。つまり、それだけ早い時間から飲みに行ける日が増えたわけだ。ヘルパーさんが家を出てオフクロが一人になるのは、おおむね八時。すると、オフクロから「何時に帰ってくるの?」という催促の電話が矢継ぎ早にかかってくる。そしてこうした電話は弟や、申し訳ないことに原田さんにもかかっていた。

「ごめん、今日は少し遅くなるから。休んで待っていてくれる?」

「わかった。寝る前の薬飲んでいい?」

「いいよ。いいから大人しく寝ててね」

これで休んでくれればコトは簡単なのだが、そうは問屋が卸さない。

その後も「お兄ちゃん、眠れないよ」と、訴えるような電話がひきもきらずかかってくる。しかし、私はもうアルコールが入っていたから、もうちょっととしたらね、あと少し、となかなか帰らなかった。それでも初めのうちは時計の針が「てっぺん」にいかないうちには帰ろうとしていたが、一度緩んだタガは元に戻らない。私の夜遊び(?)は、ますます激しくなっていった。

そして、私はいつしか禁じ手を覚えてしまった。睡眠導入剤のハルシオンを飲ませてしまえばいい。それも目に見える場所に置いておくと勝手に飲まれてしまうから、あらかじめ「隠しておいた」のである。洋服ダンスの上に置いてある人形の後ろ。二番目の引き出しの封筒の中。テーブルの花瓶の下。出社前に「仕込んで」いくのだから完全な確信犯だ。眠れないと訴えてきたら、それを電話で教えた。「いちばん上の引き出しを開けてみて」と。

ハルシオンを服用させると、当たり前の話だが、オフクロはそれきり電話をよこさなくなった。私は心置きなく、飲んで騒いで深夜帰り、時には朝帰りをしていた。

翌朝、いつもと同じ一日が始まる。

「おはよう！　夕べはよく眠れた？」

「うん、よく眠れたよ」とオフクロは言ってくれていたが、実際のところは、私がいなくて寂しい、心許ないと思いながら、薬の力で強制的に眠りに落ちていったことだろう。そんなことを続けていたオフクロの「心の病」は良くなるはずもなかった。そして、こんなことをやっていたら、何もかもが崩れてしまうのは、客観的に考えれば自明だ。ただ、その崩壊は低温火傷のようにゆっくりと進行していたから、愚かな自分にはよくわからなかった。やがて、私はジムにも行かなくなり、二日酔い続きでランニングもサボった。

二〇一〇年十一月の終わりには、生まれ故郷、旗の台のQ医院で風邪の診察を受けたと日記にある。Q医院は、私が子供の頃に通っていたお医者さん。私がこんなふうに故郷へ足を運ぶのは、決まって心が弱っている時なのだ。

年が明けて、二〇一一年一月四日にひいたおみくじは、計らずも「凶」だった。オフクロと私にとって、もっとも忌まわしい一年の開幕を告げる神様の演出だったのかもしれない。

ハルシオンという薬は、常用していると効能が少しずつ薄れてくる（私も実況の前夜などに服用するがひどい時には一・五錠必要だ）。ハルシオンでオフクロを寝かしつけて飲みに行ってしまおうというひどい作戦も、その流れの中で悲劇を生んだ。

二〇一一年の初め、いつものように隠したハルシオンを飲ませて、ノホホンと飲んでいたら、「眠れないよ」と、オフクロから電話があった。もう薬が効くはずなのにどうして？　この時はしたたかに飲んでいた。

「横になっててごらんよ、必ず眠くなるから」

「やっぱり眠れないよ」と、オフクロの悲痛な声が聞こえた。何度も何度も電話がかかってきて、私が酔った勢いで切れた。

「いい加減にしてくれよ、大切な話をしているんだから！」

もちろん、嘘だ。ただ飲みたくて飲んでいただけだった。それでもオフクロは、五分に一回は電話をしてきたので、「そんなことを言うなら、もう今夜は帰らないよ！」と言って、しばらく電源を切ってしまった。本当にひどい話だ。オフクロはどれほど絶望し、不安に苛まれたことか。やがて、三〇分も経たずして電源を入れ直したが、オフクロから連絡は来ない。もう寝たのだろう、と思ったらまた電話のバイブレーションが伝わってきた。しかし表示された番号は三鷹の家のそれではなかった。

「もしもし秀夫ちゃん」声の主は祖母だった。

「お母さんがこっちに来てるんだよ、喧嘩したのかい？　もう許してやりよ」

ま、まさか。なんとオフクロは、自分でタクシーを捕まえて、行き先を告げて、井の頭の家に行っていた。そして、ピンポンを鳴らしたが祖母は起きてこない。近所をうろうろしていた所を、お隣さんに発見されて騒ぎになった。連絡を受けた叔父と叔母が駆けつけ、続いて弟が急行したのである。タクシー代をどうしたのかは謎だ。ごめん、オフクロ。俺は本当にどうかしていたよ。反省する気持ちと同時に、オフクロにそんな力（知力、体力ともに）が残っていたのかとビックリした。祖母の家は、吉祥寺の駅からかなり離れた場所で道も複雑だったが、オフクロはどうやって運転手さんに説明をしたのだろうか。いずれにしても、その晩はもう遅かった。「オフクロ、俺が悪かったよ、今日はそこでゆっくり休んでね」そう電話で話し、翌朝迎えに行った。オフクロにも、そしてだいぶ弱っていた祖母にも大変申し訳ないことをしてしまった。そして、何よりまるで無関係のお隣さんを巻き込んでしまったこと、叔父や叔母と弟に大変な迷惑をかけてしまったこと、今さらながらお詫びしたい。。

こうした失敗と反省を重ねながら、私は徐々に心身を病んでいった。詳細は控えるが、家庭もうまくいっておらず、その頃の私はストレスだらけの状態で酒をあおっていたのだ。

二〇一〇年の末頃から、喉元になにか引っかかる感じがあり、癌なのかなと思いながら怖くて医者に行くことができなかったが、二〇一一年の二月に意を決して胃カメラを飲んだ。逆流性食道炎との診断がくだされた。「お酒を飲まれる中年男性はかかりやすいんですよ。胃酸が逆流して食道を傷つけるんです」との所見だった。パリエットという薬を処方してもらった。やれやれである。これだけ不摂生をしながらこの程度の症状で済んだのが不思議なくらいだ。丈夫に産んでくれた両親にこんな点でも感謝しなければいけないということだろう。

7回裏　オフクロの十字架、私の懺悔

人は誰しも間違いを犯すもの。私自身、失敗と間違いだらけの人生を歩んでまいりました。

「さあ、9回2アウト、ランナーなし。2ストライクと追い込まれた垣内哲也選手。ピッチャー槇原投げた！　見逃した！　ストライク！　三振だ！　ゲームセット！　槇原、見事完封勝利です！」という赤面ものの大失敗もしでかしてます。

実はこれ、一九九四年の日本シリーズ、西武対巨人第6戦の実況。ゲームセットの瞬間なんですが、槇原投手は8回に辻の三塁打と佐々木の内野ゴロで1点を失っていまして、完封ではなく完投勝利だったのです。まあ、この手の失敗は枚挙にいとまがありません。

普段なら、誰も気がつかない言い間違いなのですが、なにせ、その瞬間に巨人が4勝2敗で西武を下し、日本一になったハイライトシーンだったのが運のつき。その日のニュースはもちろん、年末の総決算番組など、いろんなところで私の実況が流れることになり、針のむしろに座らされる状況となりました。

福岡国際マラソンでも、陸上競技場に戻ってきたランナーがトラックを二周回ってゴールをするのに、早とちりをして一周目に「ゴールです！」と実況。帰りにタクシーをつかまえたところ、運転手さんに「今日ね、ラジオでマラソン中継があったとですけどね、今日のアナウンサーがひどかっとですよ。ゴールば、間違えよった」と言われ、後部座席で小さくなったこともあります。まあ、それでも、しゃべりのミスは、誠心誠意謝れば、なんとか治まることがほとんどです（中には覆水盆に返らないこともありますが）。

けれども、人生の中には、どんなに謝っても許されないミスや罪もあります。かくいう私も、母に対して許されない過ちを犯したことがあります。にも関わらず、そのことで母から責められたことが一度もなかったことも、決して消えない後悔の痣となっています。機会があれば教会で懺悔をしたいところであります。

ところで、教会といえば、旗の台駅近くの日本基督教団洗足教会の風景が蘇ってまいります。「♪感謝に満ちて門をくぐり賛美を歌って中庭に入る」、昔、母がよく口ずさんでいた讃美歌の一節です。クリスチャンでもない私も知らず知らずに覚えた歌ですが、私は、この歌詞のような光景を、数十年前のある昼下がりに体験しています。

今となっては美化された思い出かも知れませんが、ある日、たまたま通りかかった建物から、オルガンの音色が流れてきたような記憶があります。童謡とは違う、それまで聴いたことがないメロディをどことなく心地良く感じたのは、母が一緒だったということもあるかも知れません。

建物を見上げて立ち止まる母。「ちょっとお邪魔して中で聴かせてもらおうか」と私の手を引き、建物の門をくぐりました。その時、まるで天が祝福してくれるかのように、空から日差しがスウッと私と母に差し込んだ……ような気もいたします。

私が覚えているのは、古いけれど清潔で静寂さに包まれた大きな室内と、色鮮やかなガラス窓を見たこと。そして、その窓がステンドグラスというものだと知ったのは、ずいぶんと後のことでありました。

この日をきっかけに、母はキリスト教への関心を強めましたが、様々な事情ですぐに帰依することはできませんでした。けれど、母の心にはずっと十字架が輝いていたはずです。苦しいことが多かった人生を歩んでいた母は、信仰にすがったのでありましょう。ひょっとすると、あの日は偶然ではなく母は初めからその建物に行くつもりで私を誘ったのかもしれません。

◉

震災の日

二〇一一年三月十一日、あの東日本大震災が起きた時、私は横浜スタジアムにいた。オープン戦のDeNA対ヤクルト戦を取材していたのだ。その瞬間、Y字型の照明灯がグラグラと揺れて怖かった。もちろん、放送席も激しく揺れた。頭上の棚にのせてある分厚い野球の資料本が落ちてこないように、スポーツ部の斎藤ディレクターが両手で抑えていたシーンが印象に残っている。

やがて、観客がスタンドから降りてきて、選手たちと渾然一体となりグラウンドに集まった。

ちょうどその日は五人ほどのアナウンサーが横浜スタジアムにいて、とりあえずみんなその場で待機していたが、私はすぐに外に出た。オフクロとはまったく連絡が取れない中、とにかく家に向かってみようと思ったのだ。

正直なところ、その時間オフクロが誰とどこにいるのか、私は把握していなかった。普段、昼前にはヘルパーさんが来て私とバトンタッチ、夜八時にヘルパーさんは家を出てオフクロは一人になる。それ以外、日中はケアマネの原田さんに任せっきりだったのだ。

もし施設にいてくれればおそらく無事であろう。ただ、家にいたら、縦長の食器棚が倒れて怪我をしている可能性もある。そう思うと、いても立ってもいられなかった。

関内から横浜駅まで歩いたところで、一台のタクシーが目の前に停まった。ちょうどお客さんをそこでおろし、空車ランプがついた。これを逃す手はない。「すみません。三鷹まで行っていただけますか?」と、タクシーに乗り込んだ。第三京浜に入ったらクルマが一台もいなかった。その時、ラジオで通行止めになっていると知った。世田谷出口まではまさしくあっという間だった。しかし、環八に出たら数珠繋ぎでピクリとも動かない。これはダメだ。ここから先は歩いて帰ることに決めた。

環八をひたすら歩いた。途中安売りチェーン店で自転車を買おうかと思ったら長蛇の列。しかも、二万円以下のものは売り切れだった。仕方ない、このまま歩き続けよう。マラソンをやっていることが少しはプラスになったのかもしれない。携帯電話はまるで繋がらなかったが、ニッポン放送のオンエアとツイッターの書き込みに勇気をもらった。

スタジアムを出てから五時間半。家に着いたら夜八時を回っていた。オフクロは不在。不思議なことに、部屋はほとんどといっていいくらい何のダメージも受けていなかった。武蔵野という硬い地盤と、新耐震マンションの一階というラッキーな条件が重なったのであろう。初めてこのマンションに感謝した。

そうこうするうち、ケアマネの原田さんと連絡が取れた。オフクロは『M倶楽部』にいるとのことだった。歩いて迎えに行く。スタッフの方が安堵の表情を見せた。オフクロは不安そうな顔をしていたが、大地震の揺れによるショックをそれほど受けているようには思えなかった。そして、その後に起こっている数々の悲劇に関心は持っているものの、それは自分のこと、すなわち唾のこと、ビスケットを食べたいと思うこと以上ではないようだった。

震災後、我々親子の生活は外面上大きな変化なく過ぎていった。ただプロ野球の開幕（結局四月十二日に延期）がどうなるのかわからなくなったり、会社にいても常にピリピリとした空気で、様々な不安定要素があったから、自分のストレスは増加していたと思う。

ランニングもやめてしまっていた。そんなことの積み重ねが、ジワジワとオフクロに対する私の行動に影響を与えていた。といえば言い訳になるか。

震災で印象深かったのは、計画停電。ちょうどうちのマンションの地域が夜七時～八時まで停電世帯となり、その晩は私が少し早くから家にいた。一時間だけ暗くなるけれど、大丈夫だからね。そう言いながらも、自分の方がドキドキしていた。小さな懐中電灯をつけて、あとは携帯電話の液晶を頼りに室内を動いていた。オフクロは、別段いつもと変わりなく、相変わらず唾を気にしていた。外の方が明るく見えたのは、月が出ていたからだろう。散歩しようか、とオフクロを誘った。ふたりで星と月を見上げながら歩いた。どうしてこんなふうに、もっとできなかったんだろう。オフクロがいちばん欲しかったのは、こういう時間ではなかったか。計画停電は少しだけ早く終了し、散歩帰りの途中で、街頭が明るくなった。

施設探し

二〇一一年春からの一年間、介護の状況はいよいよ混沌としてきて、破滅のときが近づいていた。ケアマネの原田さんから「もし特養（特別養護老人ホーム）で世話になることがあるとしたら、早めに申し込まないと、一年や二年は待たされますよ」と、何度も言われたのはそれよりずっと前の話。ものぐさの私が施設に申込書を送ったのは、二〇一〇年の半ばだっただろうか。武蔵野市や西東京市など、周辺の十四施設に宛てて一斉に申し込んだ。その申込みに対して、確認や聞き取り調査など、何らかのリアクションが一年以内にあったのは三件ほどに過ぎなかった。

マンションの近くには『R』という、いわゆるグループホームがあったが、ここの対応は最悪だった。申込みをしてからしばらくして、二人の担当者が面接に来るという。私も交えてオフクロと四人で四〇分ほどの面接があり、「一応体験をしてみますか？」ってことになった。指定された日時にそこを訪れたら、スタッフの女性が出てきて、玄関先に立っているオフクロにほんの二言三言。あとはしげしげとオフクロを見てるなあと思ったら、おもむろにこう言い放ったのだ。

「私の経験上、この方はウチでは無理だと思いますよ」

その間、わずか三分弱。

ちょっ、ちょっと待ってほしい。おそらくそのスタッフは、様々な在所者の方から一度にいくつものリクエストをされて、それ以外にもやらなければならないことが山とあったのだろう。また経験上、オフクロは、オフクロに適性がないことが実際にわかったのかもしれない。それにしても、である。仮にもオフクロは、家で四〇分以上の面接を受けた結果、ＯＫですよと担当者の方から言われた上で見学に来たというのに、わずか三分の見た目でＮＯを突きつけるとは。いったい、何のための面接なのか！

「オフクロ帰ろう、こんな場所に来ることはないよ！」バカにするな、と心の中で叫びながら家路についた。

あまりにも頭にきていたから、ケアマネの原田さんに報告をした。

「えーっ！　それはひどすぎる」数日後にＲの担当者から電話が来た。

「申し訳ありません、当方がずいぶんと失礼な対応をいたしたようで……」

私は、先に書いたようなことを率直に言わせてもらった。

その担当者は、「今後このようなことのないように気をつけます」という趣旨の謝罪をしてくれた。別にそれ以上コトを荒立てる気もなかったが、「今後」なんて私たちには無関係なんです！と言ってやりたかった。そう、今後や未来って発想が、もはや当時の私には欠落していたと思う。一ヶ月に一度はN先生に診ていただかなければいけなかったのに、私はそれも怠っていた。なんややかやと理由をつけて、会社の医務室で先生から処方箋だけいただき、それを薬局で薬に替えていたのだから、オフクロがよくなるはずはない。まずはバカの私につける薬をもらうべきだったのだ。

この頃になると、オフクロの失禁は頻度が多くなっていた。会社からの、あるいは球場からの帰宅途中「お兄ちゃん、ごめんなさい。やっちゃったあ」という電話がかかってくると、後頭部を殴られたくらいの衝撃があった。

「なんで？」と、ため息まじりに意味もない質問がつい口をついて出てしまう。軟便や水溶便を漏らして、変に動き回ったら大変なことになる。「もう自分では何もやらなくていいからジッとしていてね」とお願いするのだが、心配は多くの場合杞憂には終わらない。部屋に戻ると、たいがいの場合ズボンを脱いで立ちすくむオフクロがいた。案の定、便はいろいろな場所に散っている。

「何もしないでって言ったじゃないか！」どうしても怒鳴らずにいられなかった。

「ごめんなさい」と半泣きのオフクロ。

「いいから風呂場に行こう。風呂に入ったら全部脱いで」

着ているほとんどすべての衣類に便が付いていた。それを浴槽の隅に追いやり、オフクロにシャワーをかける。汚れている部分、お尻、局所、陰毛、太もも、ふくらはぎ……。なるべく至近距離から強い水圧を当てて流し落としてしまいたい。しかし、頑固にこびりついているものもある。意を決して素手で落とす。石鹸で身体を洗い、それを流す。バスタオルでオフクロを拭き、新しい下着とパジャマを着てもらう。それは自分でやってもらった。あとは汚れた衣類。風呂場にまとめて置いたものに、先ほどと同じように水圧の強いお湯を至近距離から浴びせる。手繰っていって汚れを見つけたらジャーッと吹き付ける、という繰り返しで、汚物自体はほとんど流れて消えた。あとはそれをポリ袋に入れて、洗濯物ボックスに押し込んだ。当時こうした洗濯も、ありがたいことにヘルパーさんがやってくださったから。

さらに厄介だったのは床の汚れとり。フローリングはよかったけれど、絨毯はどうにも始末に負えなかった。汚れ取りのスプレーを吹き付けてティッシュで叩くのだが、黄ばみはいっこうに取れない。やむを得ず、その部分にガムテープを貼っていった。その上に私が布団を敷いて寝るのだ。「オフクロ、俺ここで寝るんだからね！」あまりにも余計なひと言だった。

「ごめんなさい、お兄ちゃん。おかあさんダメだね」

私はその時、「いいんだよ」のひと言が言えなかった。

オフクロは心身ともに弱りながら自分を責めていたのに……。

そう、オフクロはよくこんなことも言っていた。

「おかあさんは、ダメなおかあさんだったねぇ。お兄ちゃんが小さい時に、お父さんのことで当たったりして、優しくしてあげられなかった。ごめんね、ごめんね」と泣いた。

ことあるごとに泣かれたけれど、これはこたえた。そして、泣けた。

「オフクロ、泣かないでよ。そんなことないよ。オフクロは優しかったし、自分を犠牲にして俺とヤッちゃんを育ててくれたじゃないか。それにヤッちゃんは、オフクロの辛さをわかっていたのに、俺はいつもワガママばかりだった。ごめんよ、ごめんなさい」

こうして二人で泣いた夜は数え切れない。

それは、オフクロが背負っている数多くの十字架の、ごく一部をどうにかして下ろそうとしている瞬間だったかもしれない。

「などかは下ろさん。罪の重荷を……」

聖歌の内容をオフクロが実践しようと思ったかどうかは定かでないが、病気になる直前まで、あるいはなってからも、しばらくの間オフクロは教会に救いを求めていた。

信仰

晩年のオフクロを語る際、教会との関わり、キリスト教への信仰についてはどうしても外せない。

三鷹のマンションには、様々な郵便物が届いていた。「物件を売りませんか」という不動産屋からの案内、ガスや水道の請求書、不動産税（都市計画税）の未納通知。あとは、私の転居を知っている会社関係の方々からの喪中ハガキ。私は、ガサッと郵便受けから取り出したものを、ダーッと家に持ち込み、暇な時に一挙にチェックしていたから郵便物はまさに玉石混交。とんでもなく大切な書類も風俗のチラシも横並びだった。

そうそう、二〇一一年〜二〇一五年にかけて、私のガサツさから年賀状でだいぶ不義理をしてしまったこと、ここにお詫びいたします。飲んでいる暇があるのになぜ書かなかった？　と言われれば返す言葉がない。そういう気になれなかった、としか言いようがないのです。

話はそれたが、郵便物の中には『洗足教会』から届いている封筒入りの定期刊行物がよく混ざっていた。オフクロは、入院・入所している時でも「教会から来ているものは捨てないでね」と、ヤケにこだわっていた。

オフクロと教会との出会いは、私の小学校低学年時代までさかのぼる。

オフクロが初めて教会の門をたたいたのは、一九六〇年代後半のこと。当時まだ小さかった私と近所を散歩している時に、オフクロはオルガンの音色に心を惹かれた。それは、洗足教会から聞こえてくる讃美歌だった。オフクロはもともと音楽が好きで、しかもお洒落が大好きだった。もし、現在のようにネットで情報が簡単に手に入る時代なら、間違いなく流行の先取りに熱を入れていたと思う。そんなオフクロは、オルガンの優しい旋律と、それ以上に教会の、当たり前だけれど洋風なたたずまいに心を動かされたのではないか。気がつけば日曜礼拝に毎週参加し、牧師さんの話に耳を傾けるようになっていた。

ところが、そこに思わぬ邪魔が入った。無神論者の祖父の逆鱗に触れてしまったのだ。

「教会に行くとはなにごとか！　今後一切そんなことはやめなさあ〜い！」

なぜ、オフクロの教会通いが祖父の耳に入ったのかまるで覚えていないが、ひょっとしたら私が何も考えずに教会に行ってきたよと言ってしまったのだろうか。

オフクロはそれ以来、律儀に祖父の言いつけを守り続けた。だが、その間にオフクロの人生は大海の木の葉のように翻弄された。そうするうちに、教会のことが頭をかすめ、「神様にすがりたい」という気持ちが芽生えたことは容易に想像できる。

一九八三年十一月、私が大学二年の時に祖父が他界した。この時点で教会通いを再開することもできたはずだが、オフクロは祖母に遠慮したのかそれをしなかった。その後一九九五年に祖母が鬼籍にはいり、旗の台の家は売却、現金でオヤジの兄弟が分割相続した。オフクロは既にオヤジと離婚をしていたが、その後もずっと旗の台に住み続けていたのだ。様々な事情があったとはいえ離婚した嫁がお姑さんと同居し続けたわけだからやはり居心地のいいものではなかったと思う。そしてオヤジから慰謝料の形で相続金を受け取ったオフクロが三鷹のマンションを購入したのが九六年の二月。ここまで待ってようやくオフクロは再び教会の扉を叩いた。実に二五年ものブランクがあったことになる。そして一九九七年十二月、オフクロは洗礼を受けた。儀式の時には、オフクロの傍らに私が付き添った。牧師さんが手をかざし、祝福の言葉をくださると、オフクロはたくさんの兄弟姉妹が見つめる中、憚ることなく号泣していた。私も何度となく涙を拭った。その涙は、結婚して旗の台に来て以来、オフクロが独りで背負い続けた重荷のほんの一部だったのではなかろうか。その後、教会はオフクロにとって救いの場所となった。手の平サイズの小さな手帳には、牧師さんから聴いたのであろう、様々な言葉の走り書きがあった。聖書にはたくさんの線が引かれ、そこにもまた走り書きがしてあった。オフクロは教会の婦人会で通信係に所属し、会報やハガキを信者の皆さんに送る仕事に従事しながら、聖歌隊にも所属した。入隊に際してオフクロが会報に載せた文章はオフクロの人となりをすべて表していると思うので、全文を載せます。

聖歌隊に加わって

朝のお祈りをし、さぁ今日も元気！　軽いポップスを聴きながら活動開始です。3時になりました。たまに時間のある時はアフタヌーンティでBGMは「ハイドン」のセレナーデ。1日の無事を神様に感謝し、休む前のひとときは気持ちの安らぐ「モーツァルト」と、こんなふうに1日中音楽を聴いている私です。三度の食事よりも音楽が好きとは申しませんが……。

そんな私の自慢の体験は、高校時代熱心な音楽の先生のもと、あのN響をバックにドレスを着て「椿姫」をコーラスしたことです。今日聖歌隊に加えていただき久しぶりに大張り切りでしたが、さぁ大変、なんと音符をすっかり忘れてしまいました。あのＮ響をバックに歌った私はいずこに？

しかし昔教会を訪れたひとつのきっかけは讃美歌の美しさ、安らぎでした。また今まで何気なく聴いていた美しいメロディーは讃美歌であったということが最近になってわかったのでした。これからも神の御業の偉大さをたたえ、心をこめて歌っていきたいと願っております。

教会はズタズタに傷ついたオフクロの心を癒し、かつそこでの活動は老後のオフクロの生き甲斐のひとつになるはずだった。でもこのわずか三年後、今度は病魔がまたもやオフクロから十字架を取り上げてしまったのだ。

最悪の年

二〇一一年は、本当に何から何までが最悪の年だった。東日本大震災のため開幕を四月十二日に遅らせたプロ野球は、当初電力節約のため関東でのナイター開催を見合わせていたが、やがて被災地での開催で復興に寄与する、という方針が示された。六月二八日、郡山で巨人対ヤクルト戦を実況。球場のすぐ近くにある市役所は、ガラスが割れたままの状態。まだ、震災の爪痕は生々しかった。

この日、私は二〇年余りの実況人生の中で最悪の事態を迎えた。終盤から声がかすれ始め、最後にはまったく出なくなってしまったのだ。カスカスの声で実況を終えたものの、その後は声が出なくなった。症状はしばらく治らず、その後自分が当番の実況を三回続けて代わってもらう羽目になった。この仕事をやっていて、いちばん辛いのがこういう状況に陥ることである。声が出ない自分が辛いのはもちろん、交代によって同僚アナウンサーに迷惑をかけるのがもっと辛い。もとより人数はギリギリでやっているので、しわ寄せが行ってしまうのだ。三週間を経過しても、声はようやくボチボチ出始めた程度。でも、これ以上迷惑はかけられない。七月二十三日、マリンスタジアムのオールスターゲームの実況は、強行することになった。超低空飛行実況とでもいうべきか、ボソボソとつぶやくように喋った。さすがにリスナーの人々も異様に感じたようで、2ちゃんねるなどでは「松本オワタ」などの書き込みがあった。

「松ちゃん、一度滝に打たれた方がいいよ」と、叱咤激励してくれたのは郡山の試合とオールスターをともに解説してくださった江本孟紀さん。確かに、当時の私は肉体的に疲れていたというより、気持ちが荒んでいたから、滝に打たれるくらいの荒行で精神を鍛え直した方がよかったのかもしれない。江本さんをはじめ、この時期にご迷惑をおかけしたナイタースタッフの皆様には改めてお詫びいたします。

というわけで、そんな状態で行うオフクロの介護は、決してまともではなかった。言葉も粗暴になり、時には物を投げたオフクロの手を叩いたりしてしまった。そして、喉を痛めている間は控えていた酒を、八月から性懲りもなくまた飲み始めたのである。喉元過ぎれば、とはよくいうが、まだまだ喉元に違和感を感じながらの愚行に、とうとう天誅が下ったのは八月二十三日の深夜だった。いつものように飲んだくれていたのだが、なんだか嫌な予感がしたのは深夜一時過ぎ。そういえば、今日は一〇時過ぎから一度もオフクロから電話が来ない。でも、こんな時間に電話をして起こすのはよくないかな、などと思いつつも、虫の知らせとでもいうのか、携帯を取り出した。コール音はしているのに何回鳴らしても留守電になったきり、オフクロは出てこない。どんなに眠りが深くても、電話には即座に反応する人なのに。留守電で「オフクローッ、大丈夫?」と何回も叫んだが、やはり応答はない。虫の知らせは予感を通り越して、何かとんでもないことが起きているという確信に変わった。新宿からタクシーに飛び乗ったのが一時半過ぎ。赤信号がもどかしい。その間、何回も何回も電話をしたがダメだった。私が咄嗟に思ったことは「オフクロ、生きていてくれ!」だった。

二時過ぎにマンション前に着いた。「オフクローッ!」部屋に飛び込んで電気をつけると、なんと流しの前に、腰をくの字に折った状態でオフクロが倒れていたのだ。

「オフクローッ!」肩を揺さぶる。

「あっ、お兄ちゃん」

「よかった、生きてた、生きてた」(涙)

「いったいどうしたの? 何があったんだよ!」

「転んじゃって起き上がれなくなっちゃった」骨折したのだろうか？

「どこか痛む？」

「ううん、痛くない」

どうやら大丈夫のようだ。

「なんだか力が入らなくて、起きられなくなっちゃった」と、力なく話すオフクロを抱きかかえて寝室に連れて行った。しかし、なんだかオフクロの身体が火照っている。体温を計ってみると三八度以上あるではないか！　即座に一一九番をした。やがて救急車が来て、オフクロを乗せる。救急隊員の方が、搬送先を決めようと慌ただしく無線連絡をしていたが何回も断られた。何でなんだよ！　早くしてください！　焦る私に「慌てないでください」と隊員。しかし、これが慌てずにいられれようか。ようやく受け入れ先がS病院に決まった。救急外来から入り、即座にオフクロは診察室に運ばれた。待合室で待つ。もう四時だ。やがてマスクをつけた若い女医さんが出ていらした。

「同じ体勢でずっと倒れていたから、圧迫された太ももの一部の細胞が傷んでしまっています。そのままにしておけば、壊死するところでした。死にかけた細胞から出た物質が体内を回って腎臓がやられている可能性がありますから、しばらくは入院して数値を見ていく必要がありますね」

いったい、何時間その体勢でいたのだろうか。ああ、とんでもないことをしてしまった。ごめん、オフクロ……。夜はもう明けていた。

S病院には空きベッドがないとのことで、一段落したところでその日のうちにオフクロは移送されることになった。T病院。なんという偶然か、そこには祖母が入院していた。

「足元がどうにもふらつく。食欲がない」と来院して、そのまま入院になったというのだ。

フロアこそ違ったが、九三歳の祖母と七三歳のオフクロが同じ病院にいるという、なんともありがたくない同居（?）になった。

深酒をしている間に、オフクロが転倒して起き上がれなくなっていた……。まさに大失態だったけれど、幸いオフクロの症状は軽く、腎臓の数値も悪化することはなかった。結局二週間で退院することができた。病院を出る前に別のフロアに入院していた祖母を、二人で見舞った。祖母は内臓に疾患が見つかったわけではないが、高齢で弱っていた。そして気分が落ち込んでいた。

「お母さん、早く元気になってね」とオフクロ。

「キミちゃんこそしっかりしなきゃダメだよ」と祖母。

エールの交換というにはともに弱々しかったが、とにもかくにもお互いを励ましあった二人であった。

退院後は、オフクロと私との生活が再開された。今回の教訓を活かし、マンションにはハイテク機器が導入された。全方向首振りの小型カメラをパソコンに接続。外にいても、パソコンさえあれば遠隔操作でオフクロの動きをリアルタイムでキャッチできるのだ。弟がネットで見つけてきたこのカメラは、Ｒ２Ｄ２みたいな格好をした高さ十五センチほどの逸品で、さっそく下駄箱の上に設置された。

さて、これだけの事件があったのだから、酒を控えて介護に本腰を入れるのはヒトとして当たり前のことだ。が、私はまだ目が覚めなかったのだ。

このロボットを駆使し、飲みながらパソコンを覗いては「よしよし落ち着いているな」などと笑っていたのだから、どうにも救いようがないバカタレだ。

ただ、カメラは衝撃シーンも捉えていた。オフクロが椅子を流しの前まで持っていってその上に立ち、天袋の引き出しをまさに開けようとしている！　中にはいわずと知れたビスケットが入っているのだ。天袋にはチェーンで鍵が掛けてあるのだが、それを引きちぎらんばかりの勢いでガンガンやっていたから私は仰天し、酔いも覚めた。

すぐに電話をかけて、「オフクロ、何やってるの？　ちゃんと見えてるからね」と釘を刺した。

「見えてるの？　ごめんなさい、寝なきゃダメだねぇ」

その晩はそれで収まったが、結局オフクロは後日この扉を壊してしまった。

そして二〇一一年の野球シーズンも、いよいよ佳境を迎えていた秋のある夜のこと。私の介護生活の中で、最もおぞましい事件を起こしてしまった。

その夜、次の日は実況だった。四〇歳を過ぎた頃からずっとそうなのだが、実況前夜はとにかく睡眠を充分に取ることを一番に考えている。そうしないと声がかすれてしまうのだ。時にはハルシオンを飲んで無理矢理にでも寝る。それくらい神経質になる。ましてやこの年は、一度喉を潰していたからなおさらだった。ところが、この晩のオフクロはまるで寝付いてくれなかった。どうしてだよ、どうして実況の前夜にこうなるんだよ。オフクロにも当然ハルシオンを飲ませた、たぶん一錠追加したと思う。なのに、寝付いてくれなかった。

「お兄ちゃん、眠れないよ」

「オフクロ頼むよ。明日は実況なんだ、寝かせておくれ」そう言うと、いったんはすごすごと戻るがまたすぐにやってくる。

「お兄ちゃん、どうしても眠れない」

「だから実況だって言ってるだろう、わかってくれよ！」

私は次第に語気を荒げた。それでも、その晩のオフクロはどうしても寝てくれなかった。今思えば、私がきつく言ったからますます興奮してしまったのかもしれない。

「ねぇお兄ちゃん、眠れない」既に深夜となり、眠りに落ちそうな私をオフクロは揺り起こした。

「実況だって言ってるだろう！」そう言って腕を叩いたのは何時頃だったのだろうか。それでも寝ないオフクロ。もっと強く叩く私、またオフクロが来る、私が叩く……。無間地獄だ。今でも一番思い出したくない記憶だ。でも書き残す。その晩、私は青アザができるまでオフクロを叩いたのだ。二人が何時に寝たのか記憶がない。ただ叩いたことだけが鮮明に残っている。ケアマネの原田さんが、この日のことを後日語ってくれたことがある。「お母さんはきっと叩かれたかったんだと思います。自分がいけないことをしてるってわかってたから。罰されて当然だと思っていらした。だから甘んじて叩かれ続けたんですよ」

翌日施設の方々が、このアザを見てことの重大さに気がついたんだろう。数日後、ケアマネの原田さん、そして市の関係者の方も交えて面接をした。いや、事情聴取をされたといった方がより正確だ。

私が手をあげたのは、実はこの時が最初ではない。オフクロが物を投げつけたりした時にも、強い弱いの差こそあれ、頻繁にぶっていた。もはや介護者失格なのだ。とりあえず一週間のショートステイで冷却期間を置くことになった。

この年の激動は、まだ収まらなかった。年末にかけて祖母の容体が悪化した。祖母は、奇しくもマンションのすぐ近くにある病院に転院してきていた。

8回表｜特養施設の闇

「雨、雨、権藤、雨、権藤」といえば、一九六一年に中日に入団した権藤博の活躍ぶりを讃えた言葉であり、当時流行語にもなったといわれております。正確にいえば、このフレーズの前に「権藤、権藤、雨、権藤……」というのが付きます。

雨が降った日以外はとにかく一人で投げ続けた、というのは大げさでしょうが、新人ながら驚異の三五勝を挙げ、最多勝、新人王、沢村賞、ベストナインなど、賞を総なめにした伝説の投手です。ダブルヘッダーの両方の試合でマウンドに上がり、一日に二勝を挙げたこともある権藤さん。翌年も三〇勝をマークしますが、登板過多が祟り、投手生命はわずか五年という短さに終わってしまいました。

権藤博を最後に、年間三五勝以上の投手はもちろん出ていません。先発投手が投げきるのが当然とされた時代ですから、権藤さんの肩にかかった疲労は想像を絶するものだったと思います。もしも、当時の中日に、二枚看板、三本柱がいれば、権藤さんは間違いなく名球会に入っていた選手です。

あれから半世紀以上経過した現代では、先発、中継ぎ、抑えと投手の分業化も進み、酷使を避けるための先発ローテーションも確立されています。

介護の世界も、野球の投手陣とよく似ています。先発完投スタイルは時代遅れで、介護する側の寿命も縮みかねません。介護の手は多ければ多いほど助かりますが、その分、費用はかかります。母の介護を私が先発で引き受け、祖母や弟に中継ぎや抑えを頼んでいた「チームオフクロ」でありましたが、祖母が他界することによりローテーションの大きな一角が崩れた頃から、全員に重い負担がのしかかるようになりました。そんな時に、補強の申し出をしていた特養施設から空きが出たという連絡が入りました。渡りに船とばかりに飛びついた私でありますが、それですべてうまくいくほど甘いものではないという、日本の介護事情の闇を知る羽目となりました。高らかに選手交代を告げ、ベンチに引っ込んだ松本ヒデオでありましたが、期待した助っ人選手が想定外の食わせものだったという次第です。

◉

祖母が逝く

二〇一一年の秋、私はまたオフ番組にシフトしていた。『情報発見ココだけ』。シャンソン歌手の佐々木秀実さん、歌手・タレントの浅香唯さん、タレントの大沢あかねさん、映画監督のヤン・ヨンヒさん、タレント・女優のＭＥＧＵＭＩさん、日替わりでパートナーの女性の方と番組を進行したのだ。そしてこの冬から祖母は食事をとることもままならなくなっていた。ひと言で言えば生きる気力を失ってしまい、身体がどんどん衰弱していったように思える。家族の者が見舞っても名前を混同するようになり、言葉も不明瞭になってしまった。九四歳という年齢を考えれば、そうした下り坂にブレーキをかけるのは難しいに決まっている。

私とオフクロの生活も、いよいよ終盤を迎えていた。私がストレスを溜めてまた暴力を振るうことを避けるため、頻繁に『P園』のショートステイを入れるようにしていた。前にも書いたが、オフクロはこの施設と相性が良くなかったのか（マンツーマンで四六時中構ってくれる場所ではなかったから）、行くことを極端に嫌がったから可哀想だった。もっとも、うつ状態にある人間であれば、それがどんなに素晴らしい設備を兼ね備えていたとしても、家族のいない、見知らぬ人だらけの施設には絶対に泊まりたいとは思わないだろう。

そしてもうひとつ付け加えなければいけないのが、介護費用の問題。月々の平均は十二万円ほどだったと思うが、私の出張が多くなったりするとこれが膨らんだ。特に二〇〇八年八月は、北京オリンピックの出張で三週間以上家を空けざるを得なかったから、要介護認定による補助をフルに活用した上で、ケアマネの原田さんがいかに負担の少ないプランを組んでくれても金額は大幅に膨らんでしまった。弟と折半していたものの、別居していた家族の生活費、自分の生活費（そこには無駄極まりない飲み代も含まれていた）に加えてこの介護費用を給料から捻出することが困難になり、ついには滞納。原田さんはじめ関係者の方々にはこの点でも大変なご迷惑をおかけしてしまった。そして、追いつめられた私は、あろうことかサラ金にも手を出した。何もかもが崩壊に向かって一直線、という時期だった。

年明け二〇一二年の一月、ついに祖母が息を引き取った。享年九四。祖母が亡くなった直後に、オフクロと病院に駆けつけた。クルマなら一分の距離だ。

「おかあさん、おかあさん」と、泣きじゃくって亡骸にしがみついていたオフクロの姿は、あまりに不憫だった。港区のお寺で葬儀が営まれた。オフクロも喪服で参列したが、読経の最中に「まだいなきゃダメ?」などと落ち着きを欠いてしまったから、外に出ざるを得なかった。理性と、人としての様々な感情と、それを越えてオフクロに内なる指令を出す正体不明の内的衝動に翻弄されたオフクロの行動は、ほとんど予知不能な領域に入らんとしていた。やがて、祖母の遺産の一部をオフクロが相続し、滞っていた介護費用の清算に充てることができた。そして、これも一つのタイミングなんだろうか、オフクロと私、二人の生活が完全な限界を迎えたため、入所希望申請を出していた特養の一つ『U』から、「空きが出ました」という連絡が入った。

特別養護老人ホーム

特別養護老人ホームは、有料老人ホームのように多額の入所金は必要ないし、月々の支払いもそれほど高額ではない。その代わり、施設はどこも満杯で空き待ち。今回もこれを逃したら次の空きがいつどこで出るかわからない。祖母の遺産である程度の貯えはあったが、私と弟には、特ろうとアドバイスをいただいたし、すべての状況が揃っていた。

という考えがあったのは事実だ。ケアマネの原田さんからも、このチャンスは逃すべきではなか

に内臓疾患もないオフクロは長生きするであろうから、このお金を切り崩していかねばなるまい

二〇一二年二月二日、オフクロは『U』に入所した。特別養護老人ホームに入所するということは、そこが終の住処になる可能性が高い。入所前の家族面接で「看取り」という耳慣れない言葉の説明をされて、心にずっしりと響いた。オフクロが「住む」ことになる部屋には、日中、光がいっぱいに差し込んできた。一人暮らしのマンションがこういう部屋だったら、オフクロは健康でいられたのではないかと思ったものだ。トイレこそ付いていなかったが、部屋には鏡付きの小さな洗面台がある。ベッドの向こうには小さな机と衣装入れ。ここにオフクロの生活をすべて詰め込んで、他人にその世話を託す……。胸の中で複雑な思いが交錯した。でも、悔しいけど、私が介護を続ければ私はオフクロの心身をまた傷つけるかもしれない。それは否定できなかった。

ただ、オフクロにはどうしても「ここでずっと暮らすんだよ」とは言えなかった。「よくなったらまた帰ろうね」後ろめたい気持ちでそう諭している自分が情けなかった。「週に一度くらいは家で過ごそうよ」それだけが心の底から言ってやれる言葉だった。

オフクロが暮らすことになるフロアには、六人ほどの入所者の方がいらっしゃった。日中は、食事の時を除き、皆さん思い思いの生活をされる。大きめのソファでゆったりと座っている方、

テレビを見ている方、車椅子に座ったままうなだれてあまり動かない方……。正直なところ、皆さんオフクロよりずっと老けて見えたので、失礼ながら「オフクロはこの方々と同じなのか」と思ったものである。実際、七五歳のオフクロはその中でいちばん若かったのではなかろうか。オフクロがこうした人たちの誰かと親しくなり、会話を交わすようになってくれればいちばんいいのだが、そうしたことはまるでなかった。この時期になると唾を気にすることが自然となくなっていたオフクロの興味は、専らビスケットに注がれており、他の人たちのことなど眼中になかったのだ。そもそもこうした施設でコミュニケーションがとれるようであれば、入所の必要などないのかもしれない。

『U』は街道筋にありながら、防音がしっかりしていたのか非常に静かな施設だった。ここで穏やかな日々を少しでも長く過ごしてほしい……。しかし、私の願いは残念ながら叶えられなかった。

またしても虐待

『U』では、入所者を五～六人程度の少人数にグループ分けしていたこともあり、スタッフによる個々のケアは比較的細かく行き届いているように思われた。言い換えれば放っておかれる時間は少ないのかなと。オフクロは食事用のテーブルで、塗り絵などをして時間をつぶしていることが多かったようだ。ただ、その絵はどれも中途半端で余白が多かった。実際に描いている姿を見ても、色鉛筆を持つ手に力が入っていない。支点がはっきりとしないような握り方だから、描かれる絵の色にもまるで勢いが感じられないのだ。それはオフクロの生命力そのものの写し鏡だったのかもしれない。私の見舞いは週に一度、ときに二週に一度になってしまったこともある。オフクロが可哀想だと感じながらも、一方で重荷から解放され、ここにいてくれれば安心と思ってしまったのも事実だ。二週に一度くらいの頻度でマンションに帰ることを、オフクロはことのほか楽しみにしていた。私が迎えに行く日は、「今日はお兄ちゃんが迎えに来てくれる」と朝からテンションが高かったとスタッフの方々から聞かされた。

野球シーズンだったので、私が迎えに行く時間はまさに出来高払い。時には夜一〇時をはるかに超えてしまうこともあったが、警備員の方に話が通っていたから施設内には滞りなく入ることができた。どんなに私が遅くなっても、オフクロは自分の部屋ではなく、入口からすぐの場所にあるソファで私を待っていた。「あ、お兄ちゃん!」私を見つけると相好を崩した。

私も、毎日オフクロを介護していた時とは気持ちの余裕がまるで違ったから、穏やかに接することができたと思う。一方オフクロも、クルマでマンションに連れ帰るとすぐに深い眠りについた。これまた二人で暮らしていた時には考えられなかったことだ。

オフクロの方はそう思っていなかっただろうが、私の方からすると、身勝手ながら、こうした距離でオフクロといることが一番だと思えた。

ところがある夜、マンションに帰る途中の車内で、オフクロからとんでもない事実を聞かされた。

「怖い男の人がいるんだよ」

「えっ、それはスタッフの人？」

「うん。この野郎って言われてベッドに投げ出された」

「ま、まさかそんなことはないでしょう？」

「羽交い締めにされたよ」

「なんだって？　あり得ないよ」

「ぶっ殺すぞ、とも言われたよ」

「ぶっ殺す」、五〇年間、オフクロからは一度たりとも聞いたことのない表現だ。そんな言葉を使って作り話をするなんてことがあるだろうか？　帰りの車中で同じ事を何度も聞かされ、しかも送り届ける時には毎回のように「帰りたくない、怖いよ」と訴える。弟もその話を聞いていることを知った。家に帰りたいから作り話をしているのかなとも思ったが、やがてその男性スタッフを特定できると言い出した。そして、スタッフの写真一覧表の前でオフクロはある男性を指差してこう言ったのである。

「この人だよ、怖いことを言うのは」

まだ、それでも信じられなかった。そんなことが本当にあるものなのか？　さらに見舞いに行った時のこと。

「いた。あの人だよ」と、つぶやいたのである。こうなると信憑性はかなり高い。嘘や妄想ではなさそうだ。衝撃的で情けなかった。そして恐ろしいことだ。こうした施設での虐待はニュース等で知っていたが、実際に身内がそれを体験するとは！　弟と対応を話し合った。録音機を部屋に置くということを真剣に考え、オフクロの部屋を見渡した。でも、もし見つかったら、と思うと行動に移せなかった。

結局、我々が取った行動は、事務責任者への相談。時を置かずして我々二人と彼と施設長による四者面談の場が設けられた。施設側が調査をするということになった。一週間ほど後だったか、その報告が行われた。

「そのような事実は確認できませんでした」という紋切り型の内容であった。本人にも聞き取りを行ったと言うが、本当のことなど言うわけがないじゃないか！　怒りを抑えて説明を聞いた。「ただし、松本さんの精神状態を考慮して、当該スタッフのフロアを配置転換しました」と言う。オフクロが今後、彼と接触しないことが担保されるなら、この場はよしとするしかないか。間抜けな対応をしたものだと今になれば思う。

オフクロの死後、施設でケアマネ担当だった男性スタッフの方と食事をする機会があり、思い切って尋ねた。

「あの虐待は本当になかったんでしょうか？」

「あったと思いますよ、クソですよ！」

その晩は、二人でずいぶん酒をあおった。

8回裏　致命的エラー

「さあ、解説の関根潤三さん、ゲームは進んで8回の裏となりました。関根さんもお疲れだと思いますが、そろそろ選手にも疲労が見えてくる頃ですね」、「こういった緊迫した試合では一つのエラーが致命的となりますから気を引き締めていきたいところです」といった会話が、母の実況にあてはまるのは二〇一二年の秋頃でありましょうか。

　私自身は、いずれは旅立つ日が来るだろうけれど、頭に不安を抱えているだけで身体はいたって元気な母であるからして、その日はまだまだ遠い先のことだと考えておりました。仮に、もしも、万が一、そういうことを考える日が来た時は、あの手この手の延命措置でずっと延長戦を戦うぞ！　という気概もありました。けれど、たった一つの初歩的なエラーをきっかけに、事態が大きく変わることにあいなります。

　エラー、特に「外野のエラーは大量失点につながる」とされています。もしもボールを逸らせてしまうと、塁にいたランナーがこぞってホームインする可能性が高まるのであります。たまに「草野球か！」と言いたくなるような凡プレイが、プロの世界でも起きることがあります。基本

を守っていれば防げるはずのエラー、プロが起こすのは恥ずかしいミス、起きるはずがない過ちというのは、介護の現場でも起きています。しかも野球と同じく、直接患者と接していない、ある意味で介護の外野に何かを託すとミスが起きがちなのであります。

私の母の場合が、まさにそうでした。私をはじめ、近くにいる者が関与すべきだったのです。そして一つのエラーがエラーを呼んでしまいました。

◉

盗食とヤバイ薬

二〇一二年の秋になり、再びオフ番組の『情報発見ココだけ』がスタートした。今度のパートナーは、当時ニッポン放送にいた五戸美樹アナウンサーである。番組の終了が夜八時だったから、オフクロをマンションに連れて帰るには余裕のある時間だったが、すっかりタガが緩んでいた。飲んだくれて翌朝二日酔いで起きられず、気が付くと出社の時間なんてことがしばしば。オフクロのもとに顔を出すのは一〇日〜二週間に一回程度だった。

そんな時、施設ではオフクロが困った問題を起こし始めていた。甘いものを食べたいがあまり、立ち入り禁止のスタッフエリアに侵入したり、はたまた食事の際に隣の人のデザートなどを勝手に食べてしまう、つまり盗食をするようになってしまった。

盗食、初めて聞いた言葉だったが、なんとおぞましい響きだろうか。

「他の方のご家族からクレームも出ています。このままではここにいていただくことができなくなる可能性もありますね」

事態はかなり深刻だった。

もちろん、オフクロに言って聞かせて治るならそれがいちばんだが、返事では「わかった」と言っても、実際に食べ物を目の当たりにしてしまうと、甘いものに対する異常な欲求は抑えるべくもなかった。

スタッフの方から進言もあり、『ジプレキサ』と『リスパダール』という新たな薬の投与をすることになった。気持ちを鎮静する効能がある薬だということで、それによって異常食欲も緩和されるだろうし、また行動も少し落ち着くであろうとのことだった。

しかし、言い過ぎかもしれないが、これらの薬は、要するにこれを飲むと「ぼんやりとしてしまう」という類の薬だったと思う。オフクロが可哀想だ、忍びない、という思いはあった。ただ、施設にいさせてもらうためにはやむを得ない選択だった。

ほどなくオフクロの盗食はなくなったが、やはり表情からはますます目力がなくなり、行動もスローになっていたし、受け答えも明らかに鈍くなってしまった。

「オフクロの尊厳ってどこにあるんだろうね……」弟がそんなことを言い出したのは、この頃だと思う。

そして、ここで医療ミスが起きてしまった。気持ちを前向きにさせてくれる（いわゆる安定剤）『レキソタン』の分量が間違っていたのだ。医師からの処方箋にはレキソタン二・五ミリグラムを朝晩二回と書かれていた。

ところが、実際には二ミリグラムのレキソタンが二・五錠処方されてしまったのだ。これを朝晩二回。つまり、一日に五ミリグラム服用のはずが、その倍の一〇ミリグラムになっていたというわけだ。

これについて、責任云々を言うつもりはない。実際オフクロを家に泊まらせた時、私も白い二ミリグラムのレキソタン半錠が朝の分の袋に入っていたのを見て、おや？　と思いながら何もしなかった一人だから。ただし、『レキソタン』という薬には、これまた少しだけ眠くなるような作用がある。『ジプレキサ』と『リスパダール』の服用に加え、倍の量の『レキソタン』を飲んでいたオフクロは、この頃かなりぼんやりしていたと考えられる。そして足元も覚束なくなっていたのではないかと……。

二〇一二年十二月一八日、オフクロは転倒した。大腿骨骨折。提携先の『V病院』に搬送された、とケアマネさんから電話連絡が来た。

「骨折した大腿骨にボルトを入れる手術をします」

V病院の先生がレントゲン写真を前に説明をしてくれた。ベッドに横たわったオフクロは、足が痛いとは言っていたが、それ以外は今までと変わらずぼんやりしていた。

手術が終わった。しばらく微熱が続くのは仕方ないが、どうにも反応や動きが鈍い。背中を少し起こした状態で食事を取ろうとするが、うまく食べられない。飲み込む力も弱っていたのだ。「あっ！」と気が付いたのは、手術から二日ほど経過した後だった。寝たきりの状態で『ジプレキサ』と『リスパダール』を飲ませる必要があるのか？　すぐにそれを看護師さんに訊いたが、V病院にはメンタルの医師がいないため、薬について判断をしかねると言われてしまった。そのため、処方してくれている先生に連絡し、その依頼で服用をやめるという面倒な方法を取らざるを得なかった。

最初からこの二つを飲んでいなければ、ということは考えても仕方ないことだ。ただ、『レキソタン』の分量間違いに続いて、この切羽詰まった状況でまたもやミスがあったことは悔やまれる。オフクロは、依然として飲み込みがうまくできない状態が続いていた。無理に食べて食物が気管に入れば誤嚥性肺炎を起こし、命取りになる。しかし、食べられないままでは、どんどん体力が落ちていくという窮地に立たされていたのだ。しかも、V病院には飲み込みの改善を担当する、嚥下専門の医師がいなかった。

骨折から数日間経ち、オフクロがたちまちのうちに生命の危機に晒されていることを理解した。年の瀬にかけて、寝たきりで物を食べられない状態が続いたオフクロは急激に弱っていった。

①　食べられるようにする。
②　歩けるようにする。
③　メンタルのケアを行う。

この三つを同時に行うことができる病院を見つけることが急務となった。そして、メンタル科があり、嚥下専門の先生がいて、リハビリのできる武蔵野中央病院が適当だろうということになった。

終着駅

武蔵野中央病院。十二年以上に及ぶオフクロの闘病の間に、二〇人を超える医師の診察を受け、いくつもの病院の入退院を繰り返した。私たちによってたらい回しにされてしまった放浪生活の悲しい終着駅である。

転院は二〇一三年一月二八日。私としては、一日でも早く適切な治療を受けさせてやりたかったが、運悪く年末年始が重なり、事務手続きにも時間がかかってしまったのだ。

その朝は、非常に寒かった。簡易ベッドに寝かせたオフクロをV病院の玄関に待たせたまま、会計で延々と待たされたことを覚えている。ドアが開く度、冷たい風が吹き込んでくる。

「病人をこんな場所でいつまで待たせるんですか!」と、窓口の女性に思わず声を荒げてしまった。とんだとばっちりだ。彼女は絶え間なく回されてくる会計伝票をひたすら処理しているだけで、その伝票の主、つまり患者さんの容態などいちいち知る由もないのだから。

スッタモンダの末、会計手続きをようやく終えると、介護タクシーが迎えに来ていた。ストレッチャーにオフクロを横たわらせて、素早くワゴン車に乗せる。手慣れたプロの仕事を見るようで、ホッとした。武蔵野中央病院は、街道から路地を一本入った静かな場所にあった。駐車場が竹林に囲まれていて、落ち着いた空気を感じた。新しくはないけれど小綺麗な建物と内装である。

転院の相談と事前手続きで年末に初めて訪れた時、いくつもの病院をみて培った直感で、悪くないと思った。待合室の中央には、病院の創設者と思われる老紳士の胸像があった。受付の女性は、非常に親身な対応をしてくださった。そして何より驚いたのは、「入院を決める前に、院長先生とご家族のどなたかに面談をしていただくのが条件です。三〇分以上はかかりますが、お時間はありますか?」と訊かれたこと。こんなことを言われたのは、長い介護生活で初めてのことだった。

後日、改めて牧野英一郎院長と個室で一対一の面談を行った。院長は、メガネをかけた、いかにも真面目そうな先生で、理路整然と話していながら尊大なところがまるでない方だった。牧野先生から尋ねられたのは、オフクロが産まれてから現在に至るまでの人生すべてのプレイバック。生まれた場所、両親の仕事、学校での得意科目と苦手科目、趣味、父との出会い等々。私は、知っている限りのすべてを話した。時間にして四〇分ほどだろうか。牧野院長は、被害届を書き取る警察官のごとく、私の言葉一字一字をメモしていた。当時のオフクロにとって大切だったのは、メンタルの治療を行うことより、何はともあれ食事が口からとれるようになること、そして自力で歩けるようになることであったから、正直オフクロの深層心理を探るような話は後回しでいいんじゃないか、と思った反面、ひょっとしてこの病院だったらオフクロの厄介な病気を根元から治してくれるかもしれない、と一縷の希望を持ったのも事実だ。院長先生自らが、こんなに時間を割いてオフクロの身の上話を真剣に聞いてくれたことがすごく嬉しかったのだ。

前にも書いたけれど、オフクロが心を病んでしまった原因は、先天的なことも少しはあるとしても、大部分は数十年に及ぶ苦労だらけの人生そのものにあったはずだから。

武蔵野中央病院に転院する直前に、もう一つの案として考えていたことがある。「胃ろう」に踏み切るかどうかだ。胃ろうとは、経口による食事ができない場合に、管を直接胃に通してそこから栄養を補給するというやり方だ。この胃ろうについては、何人もの人から意見を聞いた。意見を大別すると、「食べるという行為そのものがずっとないまま生かされるのは辛い」、「胃ろうにすれば体力はみるみる回復する」という二つの考えに分かれた。また、元気になれば管を取ることもできるという話だったと記憶している。しかし、オフクロの場合は、現状その外科的プロセスに耐え得る体力はないだろうという判断を下された。加えて、後で詳しく書くけれど、オフクロは自分の最期について、はっきりとした遺書を文章で残していた。いわゆる尊厳死ということをオフクロは真摯に考えていたのだ。弟と話し合った際にも、そのことが胃ろうの実施をためらわせる理由となった。

牧野先生の回診は、非常に独創的だった。なんと、バイオリンを持ち歩き、患者さんのリクエスト曲をベッドの傍らで演奏して回るのだ。「限りない心の奉仕をクランケに」というのがこの病院のモットーであったが、先生のやり方はまさにその象徴かもしれない。「いやあ、松本さんには『トルコ行進曲』をリクエストされまして、まいりましたよ。なんとかやりましたけど」と、先生は笑っていた。それが実際どの程度患者の回復に結びついているのかを数値化するのは難しいと思う。ただ、マニュアル化された対症療法と対極にあるこのバイオリン療法は、家族からみれば心の通ったものに思えたし、実際自分のリクエスト曲を生で聴くというのは心地いいと思う。何よりも、この家庭的な雰囲気が私は好きだった。それにしても、なんでオフクロが『トルコ行進曲』を？　別にそんな曲が聴きたいと思ったわけではあるまいに。ただ、この期に及んで、そんなハイカラなリクエストをしてちょっと気取るオフクロが、なんだか微笑ましくも思えた。

武蔵野中央病院に転院してから、私はほぼ毎日のようにオフクロを見舞った。介護を始めてから、最も真剣にオフクロと向き合った時期ではなかっただろうか。もちろん、散歩に連れ出すこともできなかったし、言語もずいぶん不明瞭だったから会話もはずんだわけではない。でも、傍らに座って手を握ってやると、ギューッと握り返してきた。それがいちばんのコミュニケーションだったのだ。「お兄ちゃん、私のそばにいて」そのメッセージは、発病以来一貫していたのかもしれない。そうだ、私はただただ、もっとオフクロの近くにいるべきだった。それに気が付いたのがあまりに遅過ぎた。

9回表　オフクロの旅立ち

さあ、いよいよ介護実況も残すところ最終回の攻防を残すのみとなりました。

野球ファン、とりわけスタンドで観戦していらっしゃるファンの皆さんは、たとえ9回2アウト、ランナーなしで、点差が5点あろうとも、最後の最後まで自軍の勝利を疑わず、声を振り絞って応援を続けるもの。でも、舞台裏ではまるで違った準備が着々と行われます。

試合中であっても、勝利を確信したチームは中継局スタッフとヒーロー・インタビューを誰にするか打ち合わせを行い、また敗戦濃厚のチームは一、二軍の入れ替えや明日の練習メニューを考えたりしている。しかし、それを責めることはできません。事前に準備しておかなくてはいけないこともあるのです。

武蔵野中央病院においても、実は来たるべき日に向けての準備が進んでいたのでありましょうか。

しかし、我々はまだあきらめるわけにはまいりません。頑張れ、オフクロ！　なんとかまた食べられるようになるんだ！

うーん、しかし飲み込めない。明らかに喉の筋力が衰えている。

そして試合は、一気に2アウト。なんと、オフクロの血糖値が一気に下がりました。万事休すか？

電話でそれを知らされた私は、必死で病院まで走りました。ゲームセットの瞬間まで「負けた」とは絶対に言わない、決してあきらめない。オフクロが死ぬなんて断じて認めない！

さて、奇跡というものは、それを信じている者にしか起こらないといいます。神様は一番最後に一度だけ、その奇跡を起こしてくれたのであります。アウトの判定が覆ったのであります。思えば「アウト」を日本語では「死」と表します。介護実況において、それはなんと相応しい表現でありましょうか。

この神様の計らいで、我々家族はもう一度だけ円陣を組み、家族ミーティングを開くチャンスに恵まれました。それは、すべての恩讐を乗り越えた、親子水入らずの穏やかな空間でありました。

◉

延命治療をめぐって

転院以来、オフクロは嚥下担当の先生の指導のもと、ゼリーなど流動食の摂取を再開しては誤燕による発熱を繰り返した。そうなると、再び点滴に頼らざるを得なくなる。面会の度「お腹がすいたよ、喉が乾いたよ」と、力のない声で懇願されたが、勝手に与えるわけにはいかないので本当に辛かった。もっとも、この時点でもオフクロがこの世を去るとは一ミリたりとも考えてはいなかった。経口摂取が一進一退であったのに対して、歩行リハビリの方はかなり急展開だったのだ。生まれたての小鹿のように、足をプルプルと振るわせていてもお構いなし。リハビリの先生は「はい頑張って、あと少し」と容赦なかった。しんどそうだけれど、我慢してもらわなきゃ。歩けるようになればまた元気になるだろうから、と信じて疑わなかった。

一方で病院側では、早い段階でもう少しシビアな見方をしていたのかもしれない。

私と弟が二人で見舞いに行っていた時のこと。牧野院長が「ちょっとこちらに来ていただけますか?」と、我々を個室に通した。そこにはもう一名の先生がいらっしゃった。

「伺いたいのは、延命治療についてなんです」と、院長は単刀直入に訊いてこられた。二人がよくわからずに戸惑っていると、すかさずこうおっしゃった。「つまり、もし心停止状態になった時、どこまで延命治療をするかということなんです。心臓マッサージをする、電気ショックを与える、といった治療を希望されるかどうかということですね」

咄嗟に私は、「でき得る限りのことを、やっていただきたいです」と答えたが、弟の意見は違った。「俺はそういうことはしなくていいと思う。心臓マッサージとかって、肋骨が折れるくらいに胸を押すんでしょ? それでももし生き延びたとしても、またもっと苦しまなきゃならない。オフクロは尊厳死協会にも登録しているわけだし。もっといえば、今のような生き方を続けることだって、きっと不本意だと思ってるんじゃないかな」

ああ、弟の方がよほどオフクロのことを考えている。私はただ、オフクロに死んでほしくないという自分の願望、言い換えれば自分のためだけで、延命治療をお願いしようとしていた。私は、前言を撤回した。

「では延命治療はなしでよろしいですね。いや、これは患者さんのご家族皆さんにお訊きしていることなんですよ」と、院長先生は笑っておっしゃったが、そうではなかったと思う。オフクロの余命がそう長くないかもしれないことを感じた上で、なるべく早い時点で家族の言質を取っておいた方がいいと考えておられたのではなかろうか。

危篤の知らせ

突然の知らせが来たのは、三月一日、土曜日の夕方だった。

「お母様の血糖値が下がって意識がありません。すぐに来ていただけますか」

クルマだと、渋滞するかもしれない。私は、中央線に飛び乗った。武蔵境までひと駅だが、私はその間、人目もはばからずずっと泣いていた。駅に着いて、すぐにタクシーに乗った。「運転手さん、急いでください！」オフクロと電話が通じなかったあの夜と同じように、赤信号が恨めしかった。病室に着いたら、オフクロは生気を失って目を閉じていた。ベッドの向こうに若い先生と女性の看護師さんがうつむいていた。まさか、こんな突然に。「オフクロ〜！」私は、あらんばかりの大声で叫んだ。が、その時だった。

「ん、お兄ちゃん?」なんと、オフクロが目を開いたのだ。「あっ、回復されましたね。よかった」と、若先生。脈をとったり、血圧を計ったり。「なんなんだよ、なんなんだよ、心配させやがって……」人の気持ちをよそに、オフクロはまたいつものように「喉が乾いたよ」と訴え始めた。そうこうするうち、「オフクロ危篤」の一報を聞いて弟がやって来た。夜八時くらいには病室に家族三人が揃った。「月曜日になれば、ちゃんとした診察・治療ができるのですが……」と、若先生。武蔵野中央病院は、土日になると宿直の先生しかいない。これも運命だったのかもしれない。オフクロのベッドを囲むように三人で座った。

「えんごぐ、まだ?」

「えんごぐ、はやい?」

しきりにオフクロが、うわ言のように繰り返す。最初、何を言ってるかわからなかった。

「えんごぐ……、あっ、天国だ!」

「天国、まだ?」

「天国、早い?」

まだ天国行けないの? 天国に行くのは早い? ずっとそうしゃべっていたのだ。

「まだまだ早いよ、オフクロ。天国なんてまだ先の話だよ。もっと長生きしなきゃ」

「そう? まだ早い?」

それから何十回とこの会話を繰り返しているうちに、涙がこぼれた。そして、オフクロは容易に寝付かなかった。

「喉が乾いたよ」

誤燕の恐れがあるから、飲食はすべて禁止だ。寝返りする力もないから、床ずれがひどくなっていた。ずいぶん痛みもあっただろう。

「喉が渇いたよ」

私は、いたたまれなくなった。見つかれば叱られるのを覚悟して、指先に少しだけペットボトルのミルクティーを湿らせて、オフクロにしゃぶらせた。

「おいしい……」

少しだけ、オフクロの表情がやわらぐ。そして、夢と現実《うつつ》を行ったり来たり……。やがてオフクロの口から、信じられないような言葉が何度も発せられた。

「アメン」

最後の最後になって、オフクロは信仰に救われようとしているのか。

報せを聞いて、明け方にはオヤジがやって来た。三人でポツリポツリと話をしながら朝を迎えた。私と弟はとうとう一睡もできなかった。オフクロが急変したらどうすればいいんだろう、と言い知れぬ恐怖と向き合った一夜だった。

翌二日、日曜日の朝、私はまだ病院を離れられずにいた。オフクロは意識こそあるものの、会話も途切れがちだった。看護師さんが体温、脈拍、血圧などを測定したが、大きな変化はなかったようだ。朝ご飯にゼリーを少しだけ食べさせてもらえた気もするが、はっきり覚えていない。昨晩の容態急変の知らせで、叔父をはじめ、何人かの見舞いがあったと思うが、これも覚えていない。

あと一人、午後になってから長年お世話になった元ケアマネの原田さんが来てくれることになっていた。

「眠いねぇ。原田さんが来るんだよね」

「そうだよ、少し寝ていてもいいよ。来たら起こしてあげるから」

「起きてるよ」

前の晩は、うつらうつらしたものの熟睡できていなかったはずなのに、オフクロは寝ようとしなかった。原田さんという名前をしっかり認識できていたし、ひょっとしたら、それまで起きていなきゃ、って気配りが最期まであったのかもしれない。

「喜美子さん、お久しぶり」

午後二時前だっただろうか、原田さんが来てくださった。

「あっ、原田さん!」

やっぱり、オフクロはしっかりと覚えていた。ただ、それ以外はあまり会話にもならず、原田さんが「早く元気にならなきゃね」と言って、しっかりオフクロの手を握ってくれてた。「じゃあ、そろそろおいとましますね」と原田さん。私は「オフクロ、原田さんをそこまで送ってくるよ」と街道まで出て行き、お見舞いのお礼を言った。「いい時間を過ごしてくださいね」原田さんの目が潤んでいた。病室に戻ると、オフクロは眠っていた。安らかな寝顔だった。私も昨夜からずっと寝ていない。いったん家に帰ろう、この判断が間違いだった。これが生きているオフクロの姿をみる最後となった。

オフクロ、逝く

夕方仮眠をとっていたら、携帯電話が鳴った。嫌な予感がした。頼む！　武蔵野中央病院はやめてくれ！

「武蔵野中央病院です。お母様の血糖値が下がって意識がなくなりました。すぐにいらしてください」そこから先のことは、涙がいっぱい流れていたこと以外何も覚えていない。「オフクロっ」頭のどこかに、また私の声に反応して目を開けてくれるんじゃないか、という淡い期待があった。なぜなら、さっき見た顔と今見る顔は何にも変わっていなかったから。

「オフクロ！　オフクロ！」

奇跡は二度起こらなかった。白衣の女性が瞳孔やら脈拍のチェック（検死というのか）を行い、ドラマのように「ご臨終です」と頭を下げた。長い長い闘病生活の末の、あまりにあっけない最期だった。糖尿病の患者の中には、インスリンを打った後、血糖値が下がり過ぎて昏倒してしまうこともあるという。確かに危険な症状には違いないのだろうが、そのまま死んでしまうなんてことがあるのだろうか。

「お母様は体内のすべてのバランスが崩れていた。何が起きてもおかしくない状況でした」無論、牧野院長を責めるつもりはなかった。むしろ感謝の気持ちのほうが大きかった。

武蔵野中央病院では、本当によくしていただいた。結果的に助けてやることはできなかったが、医師、看護師、スタッフの皆さんには、それぞれ「表情」があった。おっかない人もいたけれど、それは虐待の怖さとはまるで違って、オフクロに一対一の人間として対峙してくださった中での個人的なキャラクターだった。もっと早い段階でここに連れてきたなら……。そんなことを今さら言っても始まらない。思えば、都心の病院から不思議なほど少しずつ少しずつ、郊外へと入院先が変わっていった。そして、武蔵野中央病院はいちばん都心から遠く、緑豊かな病院だった。オフクロの魂が自然への回帰を求めていた、といったらセンチメンタルに過ぎるかもしれないが、この環境で好きな音楽を生のバイオリンで奏でていただきながら最期を迎えられてよかったと思う。

振り返れば、私の介護は大失敗だった。それは自分の弱さに起因するものでもあり、またオヤジ同様「まず自分が幸せになる」ことを考えてしまったからかもしれない。もっと言えば、オフクロを介護しようと思った私の中に無意識ながら、現実から逃避したいという、オフクロを思う気持ちとはまるで別の意思が混在していなかったか。たとえ実の親とはいえ、一対一で面倒をみるということは、当たり前のことながら覚悟が必要だ。もし全身全霊をオフクロに傾けてやることができていたら、試合展開はまるで別のものになっていたかもしれない。

オフクロを看取れなかったことには悔いが残るが、最期に一晩、久しぶりに親子四人が同じ部屋で過ごせたことは思い出になった。オフクロの意志が、最後にみんなを集めたように思えてならない。

オフクロの亡骸は、ほどなく自宅に帰ってきて布団に横たえられた。亡くなった直後はまだ喋りそうに見えたが、よく見れば頬は瘦せこけて骨と皮しか残っていないような身体で、よくここまで生き長らえたものだと思った。そして、骨折してからこんなになるまでの二ケ月半、ほとんど満足に食事もとれなかった苦しみを思うと胸が痛んだ。

それにしても、オフクロの病気はいったい何だったんだろう。胆石の発症から数えると、十四年近くになる。その間、うつ症状に加え、甘い物への依存、唾へのこだわりはあったが、記憶力や認識力は最後の最後までまるで衰えなかった。別に病名を付けてやることが供養になるわけではないが、「痴呆」と認めるのは最後まで抵抗があった。

その晩、一段落して近くの居酒屋で弟と二人で献杯をした。昔の明るかったオフクロの思い出話に花が咲いた。

「俺は小さい頃、言うことを聞かないと子供さらいさんを呼ぶよって言われたのが怖かった。でもなんで「さん」付けなんだよ（笑）」と私。

「俺の方はベーグン（「べ」にアクセント）を呼ぶよ、だったよ。なにそれっ、て話だよね。怖かったけど（笑）」と弟。

でも途中から「優しいオフクロだったな」って二人で鼻をすすりだして、最後はクシャクシャになった。弟が帰って、私はオフクロの前でさらに酒をあおった。そして泣いた。何度も声をかけて身体をゆすった。気がついたら、オフクロに寄り添うようにそのまま寝てしまい朝を迎えていた。

オフクロが息を引き取る時期に前後して、仕事のことで会社に大きな迷惑をかけてしまったことがある。

二〇一三年の三月中旬、野球の世界一を決めるイベント『第３回ＷＢＣ（ワールドベースボールクラッシック）』の実況アナとして、サンフランシスコに出張することが決まっていたのだ。出張期間は五日間。日本代表が世界を相手に戦う、日本中が注目する大イベントだ。打診はもう何ケ月も前からされていて、上司からは「介護の方は大丈夫ですか？」と確認をされたが、当時はもう施設に入所していたから、しばらくの間面会に行けなくなるだけのことだったし、何よりオフクロの症状が安定していた。

「大丈夫です。弟の力も借りますから」と、行かせてもらうことにしていた。ところが、年末の大腿骨骨折で事態が急転した。オフクロが最初に意識を失ったのは、三月一日の夕方。幸い、私が声をかけたらすぐに意識を取り戻したものの、絶対に考えたくないケースを考えざるを得なくなった。

「ＷＢＣに向けての出発は迫っている。その前後にオフクロが死ぬ……。いや、そんなことはないにしても、本当に危ない状態になってしまったら……」

出張に行くアナウンサーは私一人。一度海を渡ったら戻ることは許されないのだ。一日の夕方、私はスポーツ部の橋内デスクに電話を入れた。

「本当に申し訳ないんだけど、今回の出張、誰かに代わってもらえないかな？　オフクロが、ひょっとしたらヤバいかもしれない。いや、大丈夫だと思うんだけど万が一のことがあったら迷惑をかけるでしょ？」

「大丈夫でしょう、そんなこと考えなくても」と、デスク。

「たぶん、たぶん大丈夫だと思うよ。ただ最近少し症状が悪いんだ。ギリギリになって、もし迷惑をかけたらいけないと思って」と、私。

そんな会話の末、ＷＢＣの担当は師岡先輩に変更となった。それは、私にすればいわばかけたくない保険のようなものだった。ところが、その電話の翌日にオフクロはあっけなく死んでしまった。その旨を伝える私の電話報告に、デスクは唖然としていた。「わかりました。会社のこと、番組のことはすべて任せてください」

そして葬儀が終わり、一段落がついた頃にデスクからこんな連絡があった。

「こんな時に言いにくいのですが、ＷＢＣはどうしますか？　まだ時間がありますが」

少しだけ悩んだ。その時点ではまだ熱い実況をするって想像がつかなかったから。一方でその時を迎えて悶々としている自分も想像したくなかった。やっぱり行かせてもらおう。師岡先輩には、翻弄してしまい申し訳ないことをした、とお詫びの電話を入れた。

「マツが行って来いよ。いい実況をすることがおオフクロさんへの供養だよ」先輩は私のわがまな申し出を快諾してくれた。

十五日、サンフランシスコに向けて出発。野球ファンの方なら記憶されてるかと思うが、第一回、第二回と、王監督、原監督の下で見事世界の頂点に立ったサムライジャパンだったが、この大会で山本浩二ジャパンは格下と思われたプエルトリコに足元をすくわれ、準決勝で敗退してしまった。敗戦後、日本のスタジオから呼びかけられた時、ふいに「今回はお母様を亡くされた直後の実況でしたよね」と振られて、言葉に詰まったことを覚えている。

しかし、アメリカに来たことに後悔はなかった。麻雀に明け暮れて大学を留年し、酒を飲み過ぎて借金を作り、オフクロを困らせてばかりのバカ息子だったけれど、元気だった頃のオフクロは、私と一緒にいると誰かまわず「うちの子、ニッポン放送のアナウンサーなんですよ」と臆面もなく自慢しまくっていた。その時は恥ずかしくて仕方なかったけれど、そう話している時のオフクロは本当に嬉しそうだった。天国で「うちの子、アメリカで野球の実況しているんですよ！」と、吹聴しているオフクロの姿を想像すれば、師岡先輩の言った通り、これが供養なのかなとも思えたのだ。

9回裏　オフクロを送る

プロ野球の世界では、優勝が決まるとビールかけやV旅行など、華やかな祝勝セレモニーが行われます。球団は優勝の可能性ありとなれは、無駄を承知で、祝勝会場となるホテル、旅行の航空便や宿泊先を、早い段階で押さえなければなりません。この初動が遅く、後でテンヤワンヤ、ってことが時折起こります。

さて、ここまでお読みいただきました通り、介護実況は私の惨敗に終わりました。敗因を上げればキリがありません。

しかし、その後のセレモニーに関しては非常にスムーズに執り行われました。まさしく、オフクロの準備＝終活が万端だったのです。

牧師さん、手伝ってくださる教会関係者の方々から、式に来ていただく方の連絡先にいたるまで、オフクロは明確な指示を残していたので、我々はそれに従って粛々とコトを進めただけ。まさに「死せる喜美子、兄弟を動かす！」、ま、ちょっと意味が違うかもしれませんが、ともあれ式の準備は順調に整いました。

あとは実況アナたる私が、涙でボロボロになることなく、オフクロの人生と皆様への感謝の気持ちを余すところなく伝えられるかどうか。

こらえなくては、この場所でしっかり話さなければ。もはや、オフクロにしてやれることは、オフクロの優しい人柄と忍耐に明け暮れた生き様を、参列者の皆さんにキチンとわかっていただくことくらいしかないのですから……。

泣いちゃダメだ、泣くんじゃない、松本ヒデオ！

◉

オフクロの遺書

二〇一三年三月五日、長年オフクロが世話になった洗足教会で葬儀がとり行われた。

オフクロは、自分にもしものことがあった場合の手順を、びっくりするくらい詳細に直筆で手帳に書き残していた。

「まず、初めに洗足教会の橋爪牧師に知らせてください。電話××××－××××

次に、教会には長老といっていろいろ相談する人がいます。その中の一人でお兄ちゃんの大先輩の深沢さんと同期で放送研究会にいらした××××さんと言う方がいらっしゃいます。その方にクリスチャンの葬儀のやり方を教わってください。仏教ではお布施といってお金をあげます。

母もわかりませんでしたので……。牧師さんのお礼金とかその他もろもろです。よろしくお願いいたします」

いつ、こんなものを書いたのだろう。ページをめくると「次に友人その他葬儀に呼んでほしい人」とあり、名前と住所、電話番号がすべて書かれていた。準備に際して私と弟のやることはその指示に従って動くだけ。何ひとつ困ることはなかった。また、手帳にはいくつかのメモ書きもはさんであった。

そのうちの一つがマンションの管理組合から来た案内状の裏に走り書きされた、我々兄弟へのいわば「遺訓」であった。

「兄弟仲良くすること。何か問題が生じた時はけんかをせずに冷静に話し合いをして解決して下さい。母の願いです」

とある。これは守れているかもしれない。オフクロとともに戦った十四年間は常に弟と二人三脚だったから。というより、私はずっと弟に助けられっぱなしだった。

そして、手帳の一番後ろのページには、尊厳死協会の登録書類が挟んであった。

それは、次のようなものだった。

「私の傷病が、現在の医学では不治の状態であり、既に死期が迫っていると診断された場合には徒に死期を引き延ばすための延命措置は一切おことわりいたします」

と印刷された右上に、「協会に保管委託された書類であることを証明す　日本尊厳死協会理事長」と捺印があった。登録年月日は一九九九年一〇月四日とある。胆石を発症する少し前だろうか。あるいは、既に身体に何か異変を感じ、万が一のことを考えて登録をしたのか。いずれにしても、武蔵野中央病院で延命措置を断ったことは、やはりオフクロの意志を尊重していたのである。

続いて、遺影に使うための写真を何十枚の中から選んだ。病気になる以前の写真はどれも本当に屈託のない笑顔で写っていたが、二〇〇〇年を境にその表情が少しずつ陰り始め、無表情になっていく様が、手に取るようにわかる。

私と弟はその中で、とびきりチャーミングな写真に決めた。

葬送を終えて

式の当日。残念なことにオフクロが指名していた橋爪牧師は当時体調を悪くされ、すでに洗足教会を辞めていらっしゃった。葬儀の司式（司会）は、洗足教会の洪牧師にお願いすることにした。韓国籍の洪牧師は、必ずしも流暢な日本語を操るわけではなかったが、慈愛に満ちた方でいらしたから安心してお任せすることができた。

式次第では、まず讃美歌３１２番『いつくしみ深き』を歌う。

「などかはおろさん　負える重荷を……」

まさに、オフクロの人生はずっと重荷を背負いっぱなしだった。余談ながら、今でも仕事の合間に仲間とバンド活動をしている弟は、この『いつくしみ深き』を、なんとジャズにアレンジして自分のライブで歌っている。私も一度ナマで聴いたが、まさしくオフクロへの鎮魂歌だ。

その後、聖書の朗読、祈祷、説教の間に讃美歌が入り、最後は祝祷が捧げられる。オフクロが天に召されたことを祝福する……その理屈はわかっていても、悲しみをこらえることはできなかった。

最後に親族を代表して、私が弔辞を読んだ。

「ここにいらっしゃるほとんどの方は、明るくて元気でいつも人を笑わせている松本喜美子の思い出だけをお持ちだと思います。しかし、この一〇年以上、病魔はオフクロから笑顔を奪ってしまいました……」

途中で何度も声を詰まらせそうになったが、絶対に泣くまいと思った。俺はプロのアナウンサーだ。皆さんにオフクロの生き様をしっかり伝えて、感謝の気持ちを表さなきゃ。

式の終了と同時に、従兄の滋彦さんが、「いいおばちゃんだったよ」と声を詰まらせながら言ってくれたのを鮮明に覚えている。

そうだ、オフクロは本当にいい人だったから、誰からも好かれていた。でもいい人過ぎたから、自分で何もかも背負い過ぎた。どうして重荷をおろしてくれなかったのか？　いい人を五〇年も続けると人は壊れる、と聞いたことがあるけれど、オフクロの人生はまさにそんなふうに壊れてしまったのだった。

その後、火葬は品川区の桐ヶ谷斎場で行われた。最期のお別れでオフクロの顔を見た時、弟は「ありがとう」って言っていたのに、私は「ごめんなさい」と言って泣き崩れた。後で、「兄貴、あれは違うんじゃないかな」と、弟に諭された。私は、本当にオフクロにひどいことばかりをしたという後悔の念があってそう口走ったのだが、弟の意見は違った。

「後悔は誰にだってあると思うよ。でもそういう選択しかできなかったわけだし、またもう一度人生をやり直したとしても同じことをするんだよ。最後は、ごめんなさい、じゃなくて、ありがとう、でよかったんじゃないかな」

「また同じことをする」と言われて、返す言葉が見つからなかった。厳しい表現だけど、確かにその通りだと思う。

神の祝福を受けたオフクロは、本当に救われたのだろうか。

ただ、死の前夜、うわ言のように「アメン」と繰り返していたオフクロは、間違いなく天国への階段を上っているようにも思えた。そして、弟の言葉もまた響いた。

「人に迷惑をかけたくない、そしてお洒落でありたいと思っていたオフクロからすれば、この一〇年は耐え難いものだったと思うよ」やっぱりオフクロは救われたのだろう。

キリスト教では、仏教でいう四十九日や命日、あるいはお盆というようなものが一切ない。ただ、年に一度、神に仕えて亡くなったすべての人を思い起こし祈りを共にする「召天者記念礼拝」（十一月の第二日曜日）に、天に召された人たちの家族が教会に集まるだけ。オフクロが亡くなった翌年、兄弟揃って参加し、ひと言だけ挨拶をさせていただいた。

「自分自身、まだ信仰というものに身をゆだねてはいません。でも、オフクロが彷徨える闇の中で救いを求め、それに応えて最後に導いてくださったことには、どんな言葉でも足りないくらい感謝いたしております」

最後に、オフクロの墓の話。

オフクロは離婚をしていたから松本家ではないし、実家の墓は嫡男である叔父に引き継がれる。ところが、オフクロにとって願ってもない幸せな話があった。洗足教会が共に祈りを捧げた兄弟姉妹たちのために、占有の墓地を作ったのだ。千葉県我孫子市の手賀沼のほとりから緑いっぱいの農道を抜けた小高い丘の上に、バプテスト教会付属ラザロ霊園はあった。教会は丘に沿って段々状に墓石の立つこの霊園のいちばん高い場所の一画を購入していた。

そしてオフクロは、なんとその墓所に入れていただく最初の一人となったのである。所定の寄付をしてから、墓所の整備や手続きに時間がかかったが、二〇一四年六月十五日にようやく納骨されることが決まった。当日は日曜日。洗足教会で礼拝が行われた後、洪牧師やオフクロゆかりの信者の方々、さらには墓所設立に尽力された幹事の方々までもが何台かのクルマに分乗して一路手賀沼を目指した。私は弟を乗せてマイカーを運転したのだが、なんと教会内の駐車場でコンクリートの柱にぶつけて、皆さんに大笑いされた。オフクロの笑い声も聞こえる気がした。肝心な時のドジもオフクロ譲りなのだ。

洗足教会の墓所には、黒い大きな石碑が建てられていた。その左隅に彫られた「キリストに愛され人たち」の文字。そしてその下にただ一人、「松本喜美子」と記されていた。

墓を取り囲むように皆さんが立ち並ぶ。

洪牧師が祈祷を捧げた後、教会の方が持ってこられたスピーカー付きのプレーヤーから流れるオルガンの音に合わせて、みんなで讃美歌を合唱した。

「また会える日まで、また会える日まで……」

閉ざされた教会の中で鳴り響くいつもの讃美歌と違って、歌声は大空に吸い込まれてしまい、あたかも神の御前における自分たちのちっぽけさが強調されているようだった。弟と二人、むせび泣いた。墓床が取り除かれ、石室にオフクロの遺骨は納められた。改めて墓前で手を合わせた。今度は「ごめんね」とは言わない。「ありがとう、オフクロ……」

丘のいちばん上にあるオフクロの墓から見渡す景観は、手賀沼のほとりに広がる水田と木々の緑が鮮やかだった。ふと幼い頃家族旅行で行った夏休みの八ヶ岳の森の緑を思い起こした。「オフクロがいい場所で眠れてよかったね…」ひょっとしたら弟も同じような景色を思い出していたのかもしれない。できれば夏には毎年、オフクロの大好きな赤いミズヒキの花を手向けてやりたいが、残念なことに霊園ではすべての供物が禁止されている。

あとがき

二〇一六年の春に、敬愛する放送作家の松岡君から「お母さんの介護手記を書きませんか」と言われた。表に出すものではないと拒む気持ち半分、一方でオフクロが死んでから三年、あの頃を少しは客観的に振り返れるかなという思いもあった。

とりあえず書いてみてくださいよ、と言われ、思いつくままを文章にして送ったら「バッチリです」とメールが来た。ところが、三日と経たないうちに「すみません、私の勘違いでした。この三倍の分量が必要です」と言う！　そこから先は地獄だった。自己防衛のため、無意識のうちに封印していた様々な過去の忌まわしい出来事を詳細に思い出し、それを文字によって「確定」しなければならなかったからだ。

結論を言えば、既に書いたように、私の介護は大失敗だった。本書を執筆するにあたって、お世話になったケアマネージャーの原田さんは、「喜美子さんは一緒に暮らすことができて絶対に嬉しかったと思いますよ」と、慰めてくれたが、自分を許すことはできない。

ところで、今さらながらではあるが、オフクロは本当に痴呆だったのだろうか。

今では、痴呆という呼称は認知症にとってかわったし、認知症の進行を遅らせる薬『アリセプト』の適用方法も当時とはずいぶん変わったという。

最新の医療であれば、オフクロを救えたかもしれないなどというつもりは毛頭ない。

ただ、認知症にせよ、うつ病にせよ、精密検査でも可視化できない「内なる病」に対する社会の正しい認識と医療体制が向上することを願って止まない。

松岡君による原稿量の想定ミスは、確信犯だったと思っている。彼は長年の付き合いで私の操縦法を熟知しているのだ（笑）。

とはいえ、本稿を書き上げることで自分の過去の過ちを直視し、その上に立って未来を考えることができるようになった。松岡君にはおおいに感謝している。

それからオフクロの介護に携わってくださったすべての皆さん、苦しい時に、私を叱咤激励してくださった方々に、この場を借りて厚く御礼申し上げます。

そしてヤッちゃん、いつもありがとう。こんなダメ兄だけど、いつまでもよろしく！

あとオヤジ、ここまできたら少しでも長生きしてください。

最後にオフクロ、本当に本当にありがとう。長い間お疲れ様でした。

松本秀夫（まつもと・ひでお）

1961年東京生まれ。早稲田大学卒。ニッポン放送の看板実況アナウンサー。野球をはじめ、サッカー、競馬などスポーツ全般の実況で知られる。他にバラエティ番組のパーソナリティとしても活躍。

熱闘! 介護実況
――私とオフクロの7年間

2016年8月1日　初版第1刷発行
2017年4月27日　初版第3刷発行

著者　**松本秀夫**
協力　**株式会社ニッポン放送**
編集協力　**松岡昇**
イラスト　**寺西晃**
発行人　**長廻健太郎**
発行所　**バジリコ株式会社**
〒162-0054
東京都新宿区河田町3-15 河田町ビル3階
電話：03-5363-5920　ファクス：03-5919-2442
取次・書店様用コールセンター
電話：048-987-1155　ファクス：048-990-5067
http://www.basilico.co.jp

印刷・製本　**モリモト印刷**

ISBN978-4-86238-232-0